KB266349

너의 7월

너의 7월에
내가

너의 7월

강익빈 지음

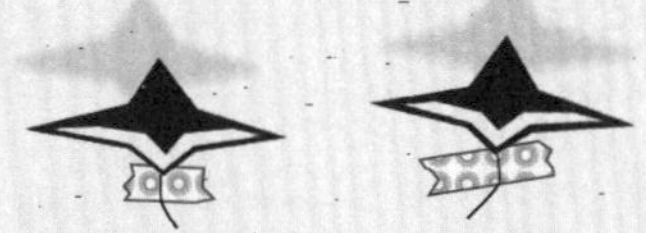

목차

질문과 위로

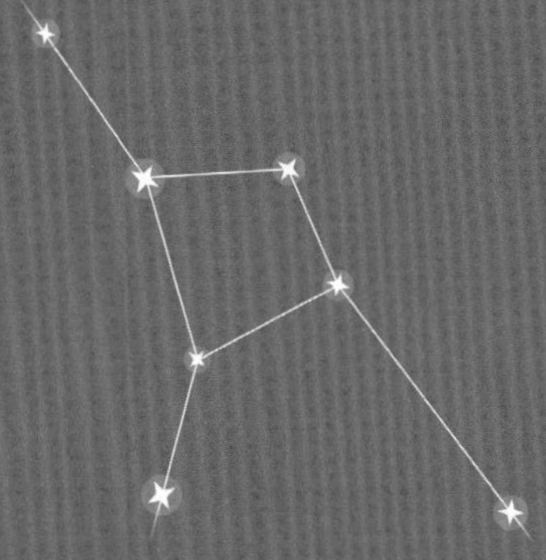

사랑과 깨달음

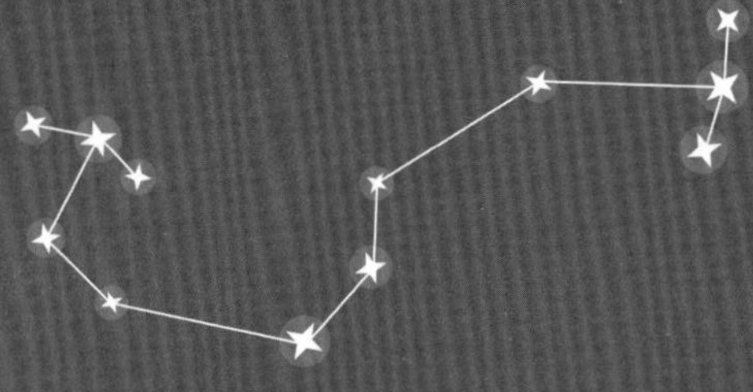

이별과 그리움

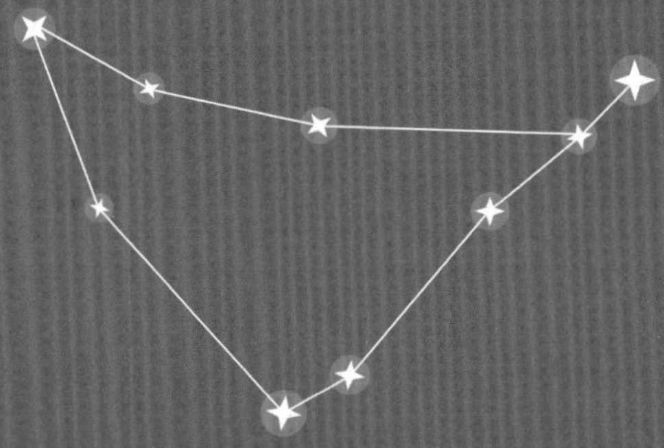

슬픈 진심

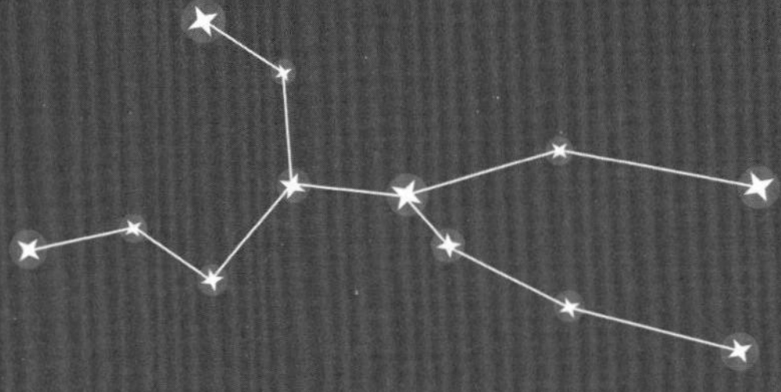

독백

질문과

위로

장마

정신없이 떨어지고 난 뒤
웅덩이에 고인 물을 바라보니
젖은 신발과 내 얼굴이 보인다

더위를 중화시켜 주는 장마
여름이 오기 전
뜨겁던 너와 나

우리가 타오르지 않게
떨어지는 빗방울
말이 좋아 시원한 거지
불씨마저 꺼 버릴지 몰라

홀로 고군분투하는 우산
거리에 형형색색 방패
너를 지켜 주다 결국
우산이 뒤집힐지 몰라

평소에 결코 볼 수 없던
헝클어진 머리
네 얼굴에 흐르다 떨어지는 눈물
처음에 말했던 내 모습과 같구나

너의 장마는 언제쯤 끝나?

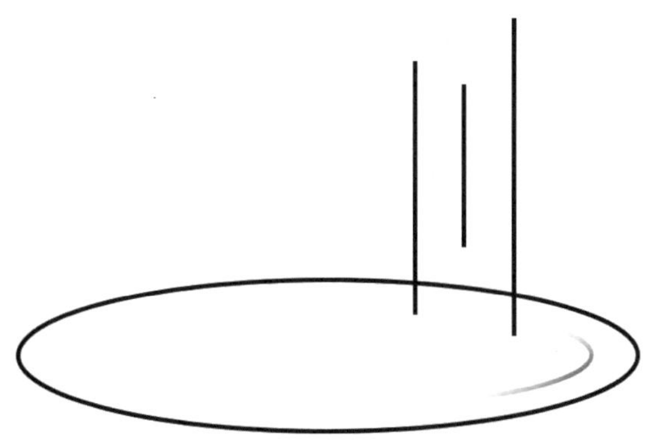

너에게

그만 아팠으면 좋겠다
시간만이 해결해 줄
상처가 있다

그쳤으면 좋겠다
비처럼 쏟아지지 않아도
너의 마음 알 수 있다

내가 너였으면 좋겠다
혼잣말이 위로가 될 수 있게

너에게 그랬으면 좋겠다

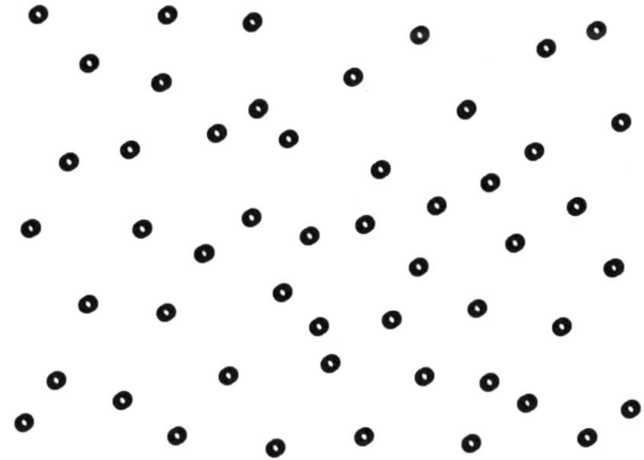

희망

보이지 않는 곳에서 시작되는 아픔
힘겹게 말을 꺼냈을 때
되도록 후련해졌으면 한다

언제나 주황불
대부분 뾰족한 수는 없지만
언젠가 초록불 켜질 때
함께 뛰쳐나가자

그렇게 손을 건넨다
서툰 게 재주라서
서툴수록 진심이 묻어난다는 말이
때로는 와닿았으면 했다

마음의 빛

슬픔을 마다할 때마다
마주치는 인연
마음속에 아우성
갚지 못한 온기에 욱신거려
말 못했다

너와 나는 빛의 속도로
그저 한철을 사랑했다
시간 탓을 하자니
너무나 찬란했기에

우리는
눈물을 흘리며 만나
눈물을 떨구며 이별한다

남겨진 흔적
마음의 빛
마음의 빛
마음의 빛

양

마음속으로 숫자를 센다
반복적인 운율로
포개지는 숫자
양이 몇 마리였더라…

푸석푸석한 베개와
머리를 맞대고 하는 입씨름
가장 편안한 자세는
가장 외로운 시간

기억나지 않는 잠꼬대처럼
못 들은 걸로 할 수 없나요
이미 구름이 가득 차 있는데
쌓여만 가는 뭉게구름

반듯했던 이불이
바닥에 반쯤 떨어져야만
아침이 옵니다

치열했던 어젯밤의 흔적
비몽사몽인 채로 마주하니
오늘은 꼬불거리는 걸
생각할 겨를도 없이 잠들 수 있겠죠?

달빛

달빛이 드리우는 밤
누군가 창밖을 꾸며 놓았다

글쎄, 구름에 가려 별이 안 보이는데
욕심보다 더 큰 진심으로
그대의 하늘에 빛나길 바란다

오그라드는 것은
추위 때문이라는 핑계로

하지 못한 말
밤에 남겨둔다

달빛

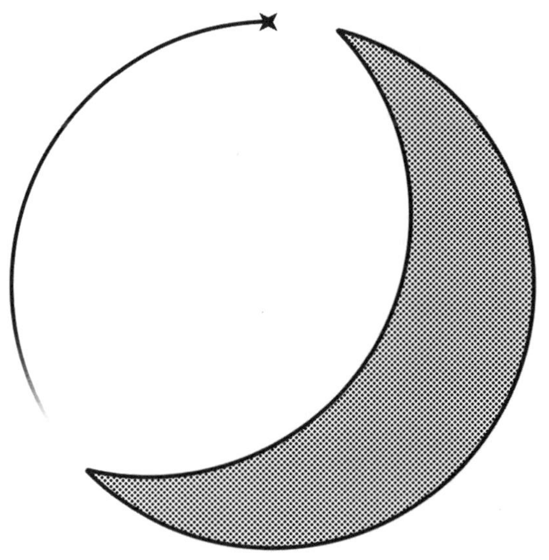

소나기

언제 그칠지 모르는
잠시 머물다 갈 것처럼

여유가 없어서
바닥을 바라보는 게 아닌 듯이

소나기였으면 좋겠다

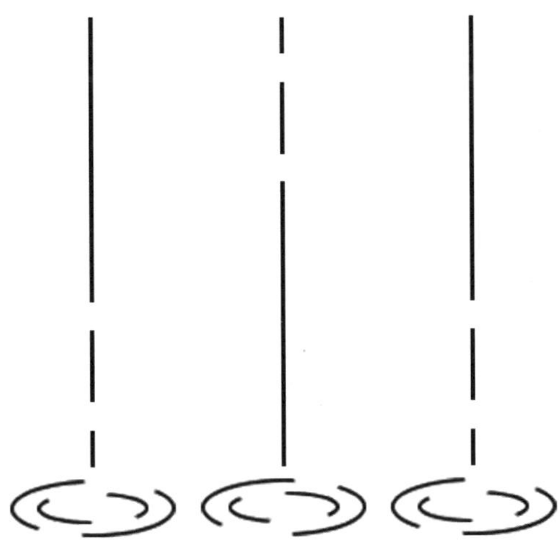

출몰

차가운 문제에 대해
뜨거워질 수 없다는 생각을 하다
새해가 밝았다

작년보다 무거워져야 한다는
나잇값의 무게로
상처 주는 말을 억지로 짓누른다

너그러이 안아 줬으면 싶다
뜨거나 질 때 아름다운 것처럼
구름을 물들이는 노을이 되어
언제나 나는 어중간한 위치로

손해 가득한 기온의 세상 속에서
어제보다는 따스함에 가까워졌다며
일출과 일몰을 목격한다

창경궁

뜬금없는 모양의 대온실
이름 모를 꽃을 피운 식물과
눈이 마주친다
네가 살고 있는 이곳은
내겐 좀 후덥지근하구나
서둘러 발길을 옮긴다

병풍과 거대한 의자를 품은 명정전
얼마나 많은 이가 지나쳐 갔을까
예전 그때와 같이
함부로 발을 들일 수 없으니
고개를 들어 우러러볼 뿐
인위적인 어떤 향보다
더욱 진한 짭짤한 냄새 풍긴다

나뭇가지에 걸려 있는 반달
어둠이 짙어져 갈수록

잎 사이사이를 뚫으며
눈빛이 달빛과 맞닿는다
반쪽짜리 내 인생도
때가 되면 저렇게 빛이 날 수 있겠죠?

일기

34

적잖은 고통으로 인해
멈출 수 없는 생각을 하다
끝내 적어 내기 힘든 생각도
끄적이다 보면

번지는 글씨체 그대로 작품이 되어
먼 훗날 나에게 보내는
하나의 편지가 된다

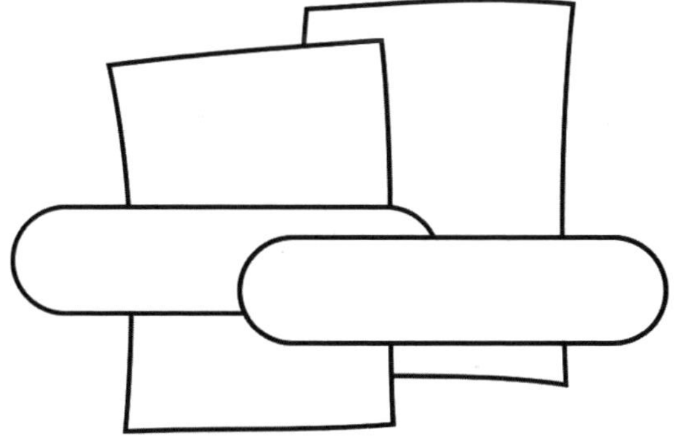

식물도감

누가 더 잘 자라는지
치렁치렁 잎을 내밀고 있는 와중
약간은 소심한 크기의 나무에
유난히 눈길이 간다

향긋한 냄새나
수려한 꽃을 피우지 않았지만
무언가를 갈망하는 나의 모습처럼
하늘을 향해 두 팔 벌리고 있는
그것은 2,200원짜리 행운목이다

잘될 거라는 마음을
자신만의 언어로 표현하는 꽃
함께 있을 때 잘 자라는 꽃과 달리
온전히 자신만의 기둥에 의지하더니
비로소 초록색 꽃을 피운다

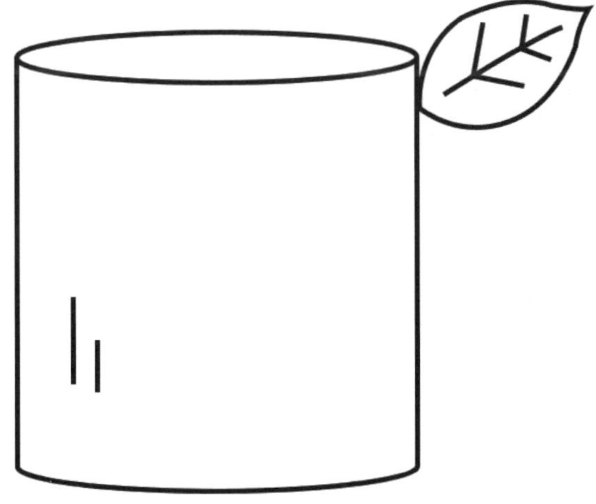

운수 좋은 날

바닥에서 해가 뜨나?
눈부신 무언가 들여다보니
자그마한 동전 하나
나 이제 고개 들어도 돼?

맑은 하늘 아래
이렇게 볼 게 많은데
시냇물 흐르는 곳에서
우리 함께 발 담그면 안 돼?

쉬었다 가는 송사리처럼
잘 보이지 않는 행복
잘 잡히지 않는 그것
아, 우리 모두 작은 것에서 시작되었구나

별것도 아닌 것이
우연히 발견하니

그리도 좋더라

우리
그냥 행복하면 안 돼?

후회의 인사

길다고 진심이 아니고
짧다고 무심이 아닌
작별인사
고작 한 마디가 어려웠나

추억 저편 어딘가
깜빡이는 불빛
오래된 얼굴이지만 선명하다
길게 생각했다

짧은 만남 속
꾹꾹 눌러 담은 추억
또 돌아서야할 시간

억지스러워도 좋다
너와의 작별인사
더한 표현이 뭐가 있을까

연못

들판 같던 연못
너는 언젠가 다녀간 적 있었니
싹트기 시작하더니
들판 같던 연못에 꽃이 핀다

연분홍빛 연꽃
그렇게 꽁꽁 싸매고 있으니
세찬 비바람이 불어도
향기가 남는구나

또 언젠가
진흙 가득한 이곳에 날아와
너의 말을 적어 주렴

저묾조차 안아 주는 연못에서
하나의 섬을 이룬 정원에서

시곗바늘 소리

째깍째깍 시곗바늘 소리
야속하기도 하염없이 길기도 한
이 소리는 언제 시작됐는지
언제 끝이 날지도 모르겠다

착각에 빠지고 싶은 순간
분과 초가 멀어지듯이
도착지에 도착하지 않았으면 한다

시간이 데려다주는 목적지
함께이긴 하지만
나란히 포개졌다 멀어지는
절정을 넘어선 우리의 초침

째깍째깍 시곗바늘 소리
행복한 날로 간다는 생각을 한다
야속한 시곗바늘 소리와 함께

나는 계속 착각을 한다

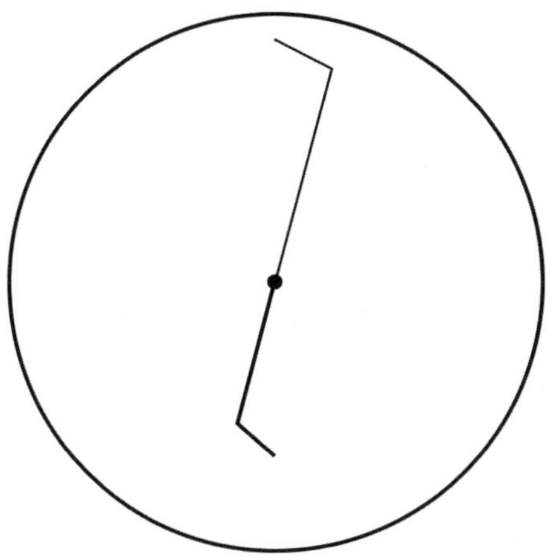

나는 계속 착각을 한다

정원

아름다움을 위해 숨겨진 노력은
누군가 닮도록 신경을 썼으니
그저 사진 한 장에 담으면 된다

자그마한 꽃 한 송이가 모여
큰 정원을 가득 메운다
감탄은 옅은 감동에서부터 시작된다

거대한 세상 속 한없이 작은 꽃
이슬을 머금은 듯 빛나는 너의 눈
시간이 지나고 나면
흐르는 눈물로써 더욱 성장해 있을 것이다

사방이 온통 다른 색의 풍경
고스란히 묻어가는 잡초
모든 것들이 조화를 이루어
넓은 정원을 꾸미고 있다

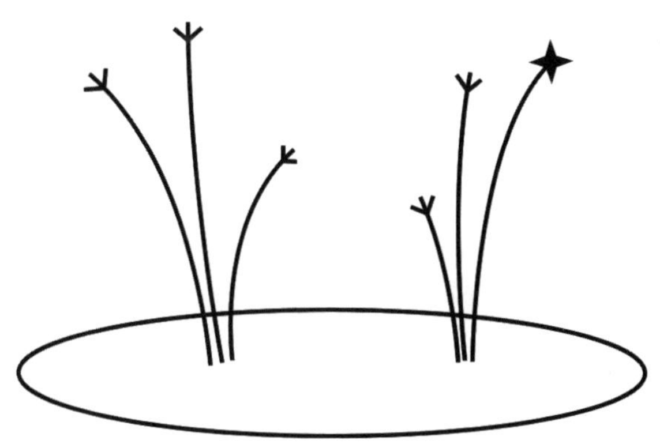

눈물

도저히
이제는
더 이상

혀를 씹듯 따가운 시작의 말
아직 흉터가 되지 못한 상처
너무 아파서 말 못했더라나

네가 되어보는 시간
아물지 못한 어제에 대해
어찌 됐든 끝을 내야 하지 않니

점 하나를 찍지 못한 얘기
눈물방울 하나에 번진다

둘, 셋, 넷, 다섯…
비슷한 점이라도 뚝. 뚝.

토닥여 주었다

토닥여 주었다

보릿고개

장난감 병정이 지키고 있는
꿈의 동산

하늘을 날아서만 갈 수 있다는
너무 현실적인 얘기

아침이 오면 잠자던 모든 것이 깨어나
원래대로 돌아간다고 해

너무 어두운 꿈속에서
아무도 몰래 날아가자

약속하듯 내 손 잡고
보릿고개 너머 우리의 동산으로 가자

도전

52

성공과 실패는 노력만이 아는 일
시간은 노력을 알고 있다

마치 내일의 일을 모두 안다는 듯
헛된 꿈 꾸지 말라는 일침
듣기 싫어 그곳을 뛰쳐나왔다

최초의 믿음과 맞잡을 최후의 나
악수를 하듯 두 손을 포갠다

혼잣말은 주문이 되어
하늘에 닿는다

수많은 의심을 이겨 내려는 노력
노력은 알고 있다

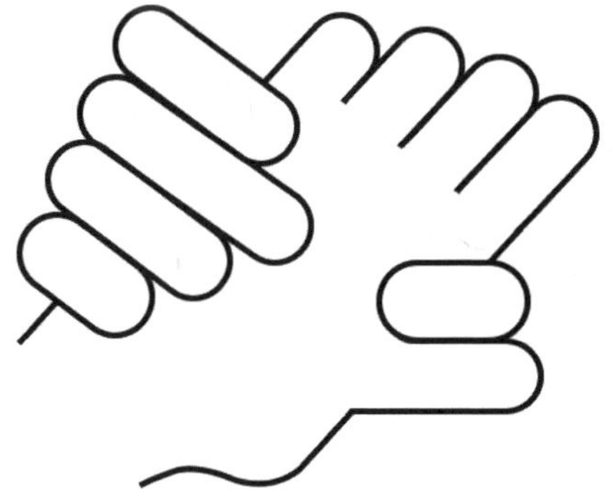

숨바꼭질

무궁화 꽃이 피었습니다
찢어진 짚신 신고 있는 애
양동이 들고 걸어가는데
무슨 꽃이 피었다는 걸까

널 보기 위해 여기까지 왔는데
모습 비추는 게 그리도 힘들더냐
핀잔 늘어놓다 보면
술래만 있는 숨바꼭질을 한다

낮에 같이 뛰놀던 동네 애들
딱정벌레 그렇게 잡아 댄다
밤에 어둡다 찡찡대지 마라
그게 밤엔 반딧불이인 거다

저고리에 흙먼지 툭툭
청량한 달빛에 씻어낸다

적막한 밤이더냐
소리 내지 않아도 알 수 있다

자석

좋은 길 놔두고
지름길로 질러가는 사람들
보다 빠른 걸 선호하니
언제나 뒷모습을 보게 된다

보다 치열하고 복잡한 세상
자신을 지키기 위한 방어적인 태도는
당연한 것이기에
나의 편이 될 거란 바보 같은 생각을 잊는다

가슴속에 간직한 꿈
웬만해선 그 꿈을 설득시키기는 어려울 것이다
납득이 갈 만한 상황을
혼자 지긋이 끌어당기다 보면
맞닿을 수 있을 것이다

외로움은 마치 자석처럼

끌어당겨지는 것 또한
마땅히 자연스러운 일이다

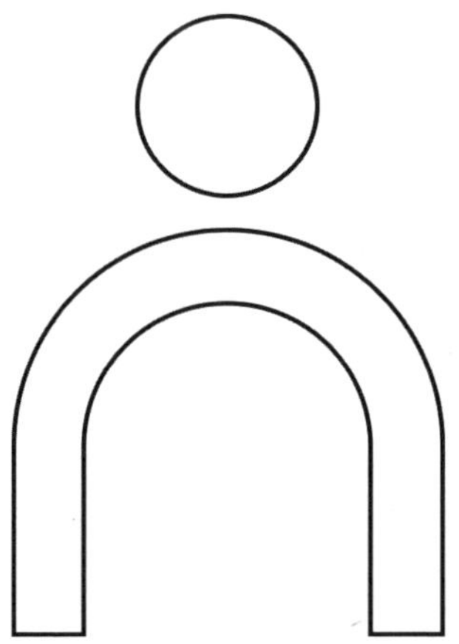

끌어당겨지는 것 또한
마땅히 자연스러운 일이다

남산

엄마, 여기 서울이지?

쪽방에서 시작된 순수함
평생토록 간직하라는 시간의 말에
아이의 말은 꿈처럼 별처럼 영원한 것이다

닿을 것만 같던 그때와
멀어짐이 당연하다는 것을 알기에
이젠 아름다웠으면 좋겠다

문득 당신이 나를 볼 때
서울이라 칭했던 곳의 정상에서
마치 연예인이 된 것처럼
어두컴컴한 배경에 형형색색 불빛

그중 하나가 나일 테니

나 또한 순수한 마음이다
엄마, 거기 서울이지?

불빛이 별처럼 보이는 거리에서
비슷한 질문을 한다

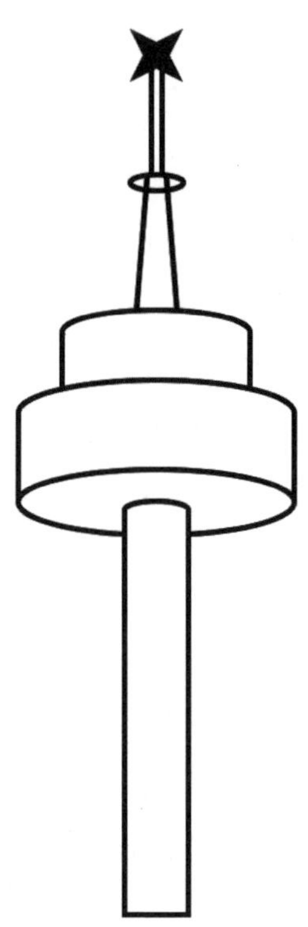

산세베리아

베란다의 산세베리아
쇠창살에 갇혀 살았어도 올곧구나
메마름은 곧 죽음을 알기에
푸르게 푸르게 색을 유지한다

시간은 성장을 거듭 시키며
아버지의 손길로 사랑받던 산세베리아
이젠 내가 한다

따스하다는 볕
반나절을 쐬면 어지럽듯
게으른 나는 결코 할 수 없는
오직 구름이 컨트롤하는 빛

투박한 손길이 닿으니
점점 색이 변해 간다
사랑을 주는 방법 역시 어린 것이다

메마르고 갈라진 틈 사이로
결국 빛이 스며든다
푸르렀던 베란다의 산세베리아
그 속에 우리가 있다

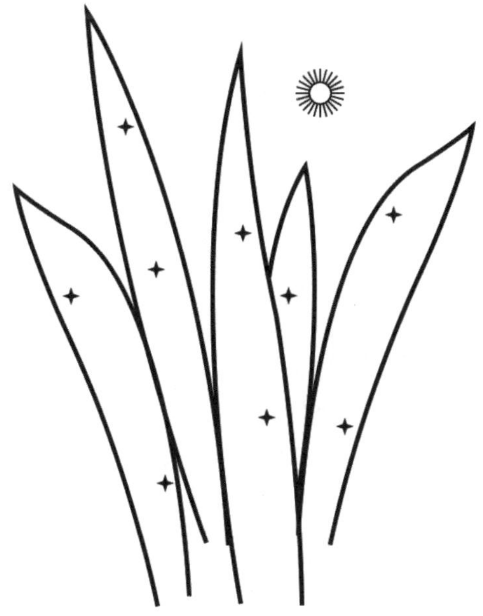

별이라는 행성

62

모두가 잠든 시간
입김으로 천장을 꾸민다
희미함이 선명해지는 냉정한 새벽

왜 그랬을까
삼키지 못한 뾰족함이
서로의 끝을 밀어 세우며
하나의 행성이 된다

이제 아무도 꾸짖지 않을
무질서 속의 수놓임
상처로부터 배운 장식

별이라는 행성

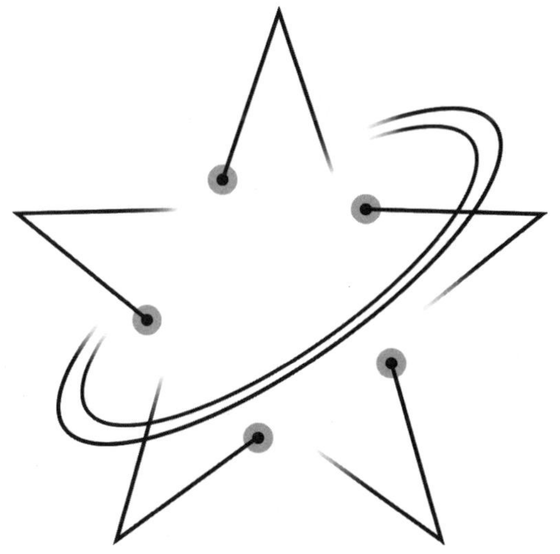

운 없는 날

모두가 떠나가고
어딘지 모를 곳에
혼자 남겨지는 악몽을 꾸게 된다

땀을 뻘뻘 흘리며 일어나
달력을 한 꺼풀 벗겨 내던 중
바로 눈에 띄는 '운 없는 날'

나쁜 기운들도 더위에 지쳐
쓰러지지 않았을까 싶은 음력의 0일
'손 없는 날'을 '운 없는 날'로 읽은 나의 오인

모두가 떠나가긴 갔는데
보고 싶은 데로 보는 게 오늘의 숙명인가
악몽이 길몽이길 바라는 마음으로
인터넷에 검색을 한다

7

1 2 3 4 5 6 7
8 <u>9</u> <u>10</u> 11 12 13 14
15 16 17 18 <u>19</u> <u>20</u> 21
22 23 24 25 26 27 28
<u>29</u> <u>30</u> 31

돌멩이

삶이란 무엇일까
마냥 힘들다 가는 것은 아닐 텐데
피난민의 신분으로 시작되었으니
세상에 내던져진 채 사는
아픔을 안고 살았다고 했다

60년 전 빛바랜 할머니의 증명사진
마치 제3자를 보여 주는 듯한 무심함
과거로 사라진 것은 부질없다는 천명
더 살아서 무얼 하냐는 푸념과 함께
허공에 빨래 방망이질을 한다
그렇게 휘두르고 후련해진다면
나는 기꺼이 그 돌멩이가 되겠다

슬퍼도 살아야 하느니라
씩씩, 바람 가르는 소리
미어지던 할아버지와의 마지막 순간

몇 십만 원 손에 쥐여 주며
이젠 어디 가도 떳떳하라는 할머니의 말처럼

마침내 순백 항아리로
그토록 단단해졌으면 됐다

어떤 바람이 불어도 흔들리지 않을 테니
이제 더 이상은 도망치지 마오
할매, 우리 바람 타고 가요

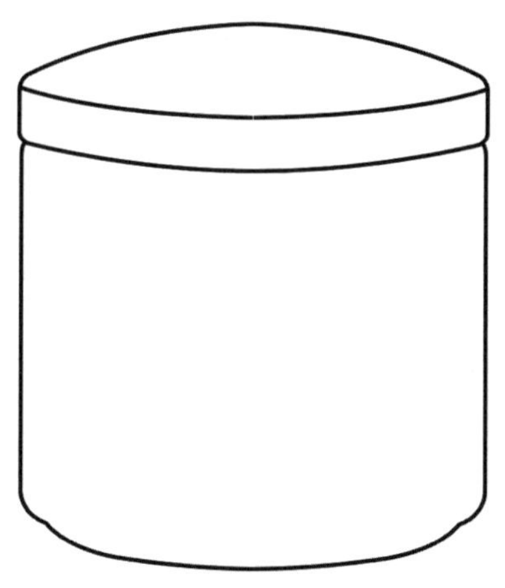

사랑과

깨달음

너의 7월

비가 오고
찌는 듯한 더위가 기승을 부리는
생명력이 강하고도 진한 초록의 계절
무탈한 일상의 소중함을 일깨운다

평일 내내 비가 오다
마치 기도가 닿은 것처럼
주말다운 해가 떴구나
마냥 기쁜 이것은 완벽한 여름의 맛인 걸까?

한날의 약속이
여름의 새벽처럼
더위와 연인 되어
청춘같이 푸르고
사랑처럼 진하게 만들었구나

따듯이 때로는 고요하게
안아 주고 덮어 주며
가슴 한가운데 떠 있는
마음의 빛, 반가운 햇살 같은 사람에게
온전히 여름이라 말할 수 있을 때가 오면
너에게 달려가 하고 싶은 말

너의 7월에 내가 살고 싶다

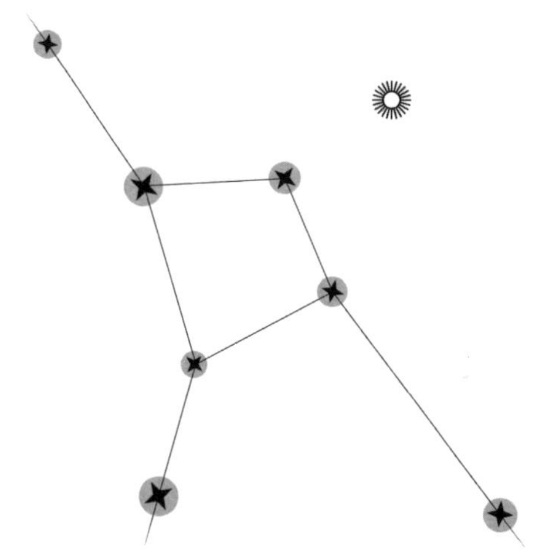

사랑한다는 말

남기고 간 흔적만 보아도
너를 떠올릴 수 있다

눈이 오는 날엔
너를 생각하고 있다

더 이상 손잡고 걷지 않아도
너를 사랑할 수 있다

마치 초월한 것처럼
사랑한다

나는 마치 영원할 것처럼
너를 사랑한다

대부분의 편지

74

사랑한다고 했다
하나보다 둘인 것에 대해

미안하다고 했다
둘이 되었을 때 열이 나서

고맙다고 했다
나의 손을 놓지 않아서

나의 일기는 너에게 편지
부끄럽지 않은 진심

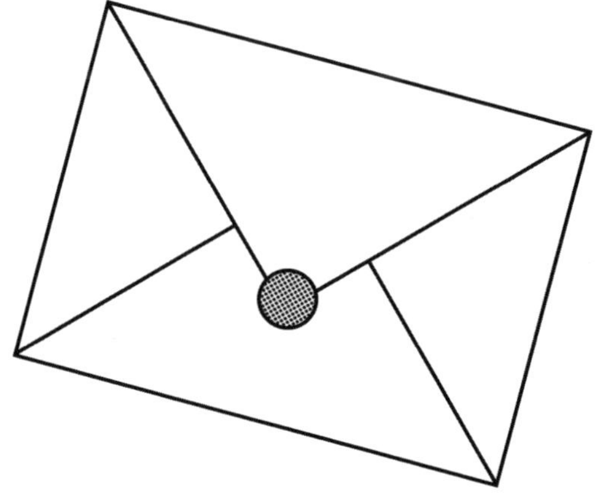

날치기

몇 글자 내뱉었지만
무슨 말인지 알 수가 없다

족히 10,000일은 넘게 살아왔는데
3초 만에 마음을 뺏긴 상황

둥글게 살던 내게
일차원의 세계를 가르듯
너는 몇 글자로 손날치기를 한다

빨갛게 부풀며
움푹 팬 형상

이걸 뭐라고 얘기해야 해?

오리

뭐가 마음에 안 드는지
입 댓 발 튀어나온 채로
꽥꽥 소리를 친다

조그마한 얼굴 구겨 가며
이렇다 저렇다 조잘대고
성깔이 있는지
파닥파닥 날갯짓을 한다

지난날 너의 모습처럼
내 말 알아들을 수 없는 오리를 바라보며
미안하다고 얘기한다

사과를 받아 줄지는 오리무중
미안하다고 또 얘기를 한다

초복

쨍쨍한 기운 못 이긴 밤엔
노란색 달이 뜬다

밤에 뜬 태양
조금씩 아주 조금씩
더위에 적응하라는 듯
열대야는 부채질을 한다

잎이 무성할수록 여름
나는 몰랐다
저 낙엽이 연꽃이었던 것을

밤이 길어지기 전에
다시 뜨겁던 때로 돌아가자
풀이 죽지 않은 무성했던 때로
나의 계절은 이따금 가을에서 여름으로 간다

세잎클로버

세잎클로버 가득한 들판
풀벌레 소리 울려 퍼지는
알 수 없는 별 모양의 조명을 한
고즈넉한 공원

향기가 나는 것만이 아름답지 않듯
어쩌다 보면 행운이 찾아오고
수려한 장소가 아니기에
우리는 주인공이 될 수 있었다

너와 나 그리고 우리
3개의 하트 모양은
행복의 꽃말 세잎클로버

함께이기에 아름다운 이 공원
이 여름 속에서
우리는 많은 꽃을 피운다

들풀

부끄럼 없이 자라고 싶지만
살다 보니 그런 일도 생기고
갈피를 잡지 못하다 보니
꽃이 피지 않는 들풀이 됩니다

당신의 창밖을 푸르게
바다에 온 것처럼 느끼게 해 주고 싶어
바닥을 온통 칠합니다
초록색의 바다를 잠시 바라보아요

내 안을 전부 들여다볼 것 같은
당신의 눈동자에서 빛이 납니다
나의 아픔을 보여 주고 싶지 않지만
빛이 닿을 때면 점차 아물어 갑니다

짙은 향이 없어도
느껴지는 것 같습니다

어떻게 표현해야 할지 모르겠으나
수없이 빽빽한 이것은
사랑하는 마음인 것 같습니다

한낱 들풀에 불과하지만
나는 사랑을 주고
사랑을 받고
사랑을 하는
나는 당신을 사랑하는 사람입니다

별

폭죽처럼 일시적이지 않고
오로라처럼 화려하지 않은
자꾸 어둠으로 가는 그대여
그대는 진정 별이 되기 위한 것인가

결코 미래가 보이지 않는 세상에서
헌신하는 너의 매일
별도 달도 따 준다는 약속에 의하면
우리는 어둠 속으로 갈 수밖에

이내 눈마저 물에 잠기고
일정한 숨 내뱉기 힘들지만
물에 빠져 허우적대는 것은 아니기에
눈물조차 보이지 않는 그 어둠을 지나

잠깐의 번뜩임이 아닌
아파하던 순간에도

그대는 빛이 나고 있습니다

사랑과 깨달음

그대는 빛이 나고 있습니다

온도

빛이 나느냐
그렇다고 한다
뜨겁느냐
그렇다고 한다

마음속에 빛나는 무언가
형태를 알아볼 수 없을 만큼
그 정도로 절실한 것이냐
그렇다고 한다

뜨겁다가도
차갑게 돌아서는데
그래도 빛이 나느냐
그렇다고 한다

아무 조건 없이 사랑하는 것은
참으로 뜨거운 것이구나

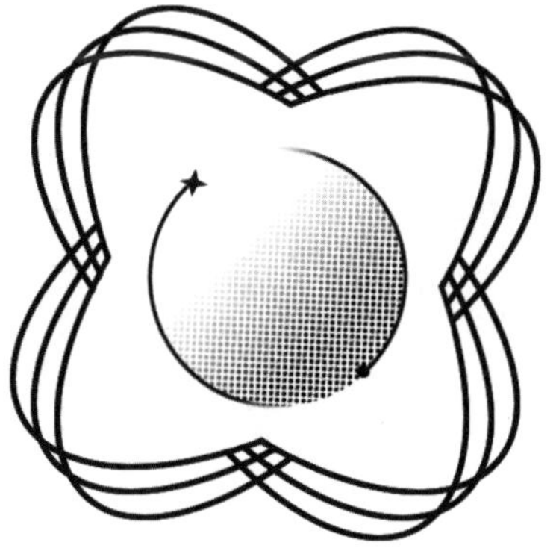

사랑을 주제로 한 시

어투가 어설퍼도
다 알아듣는 것

고개를 돌릴 때마다
눈이 마주치는 것

우연히 부는 바람에
네 생각이 나는 것

내 마음 보여 줄 때
설레는 것

숨겨진 의미
나중에 알게 되는 것

한 편의 시처럼
곳곳에서 너를 발견한다

금싸라기

아무 의미 없다고 해도
나에게 빛나는 순간

금 같은 시간 속에 남은
우리의 추억

부서진 말이 흩어지지 않게
나만의 언어로 하는 고백

눈보다 마음으로
너를 사랑한다

한평생 중 일부라고 하지만
사계절을 살면 그 속에 당신이 있다

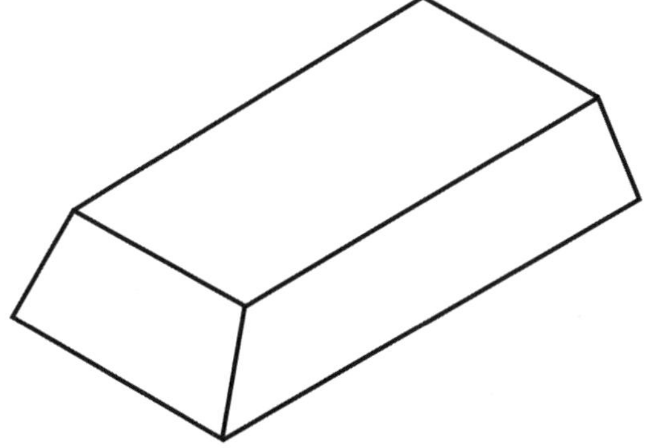

과일

황금색 쫓다 보니
아버지 눈에 보이는 황색
고단함이 느껴지는데
어떻게 하면 가질 수 있는 걸까요

손잡고 걷던
평온의 길
자라고 나서 바라보니
꽤나 먼 길이었네요

사랑의 표현
이렇게나 투박한데
어떻게 하면 와닿을 수 있나요

모든 게 한 손에 잡혔으면 합니다
겉은 빨갛고 속은 황금색을 띤
말을 하진 않았지만 기억하고 계셨네요

사랑은 자두를 사다 주는 것 같습니다

사랑과 깨달음

코스모스(Cosmos)

행성처럼 둥둥 떠 있는 코스모스
바람을 타고 누군가의 시선에 부딪힌다

자주색, 분홍색, 흰색의 살랑거림
이름 모를 이곳은 어느새 정원이 된다

거대한 세상 속 소박한 행복이 될 향연
꽃을 바라보는 너의 눈에서
우주가 보인다

우주의 이치 코스모스
피고 지고 또 피고 또 지고
너는 내게 끝없는 영원함

몇 번이고 바라봤으면 좋겠다
조심스레 코스모스로 전하는
사랑의 말

여름 계곡

이곳에 오니
네 마음속에 초록색 피어난다는 말에
저 하늘에 떠 있는 태양은
이곳만을 비추는 조명이 된다

잔잔히 흐르는 물결에 발을 담그다
너의 말 한마디에 고개를 드니
바위에 비친 회색빛 물줄기는
초록빛이 반짝이는 계곡이 된다

네가 몰랐으면 하는
내 마음에 싹이 트던 순간
몇 번 네가 다녀가더니
새싹은 어느새 초록색 여름이 됐다

너를 사랑하다 청춘이 지나간다

어느 새벽의 별똥별같이
찰나를 붙잡고 싶은 날

다음을 기약한 안녕이라면
뒷모습마저 웃음 지을 수 있다

별똥별로 하자
떨어짐보다 아름다운 쏟아짐으로

점점 물드는 모양
너를 사랑하다 청춘이 지나간다

7월의 크리스마스

오밤중에 산으로 향하는 생각
중턱쯤 올라 하늘을 바라보니
내 앞에 서 있는 크리스마스 트리

구름이 있던 곳에 별이 반짝
저 별이 잘 보이지 않아 찡그렸을 뿐인데
순간 눈에 바다가 일렁인다

네가 남긴 것은 포장지 없는 선물
버리지 않는 한 영원히 남을
7월의 크리스마스

헤어짐은 항상 아쉽지만
이젠 안녕이 아닌 듯이
네가 있는 곳에도 별이 떴니?
마냥 어둡지만은 않았으면 해서

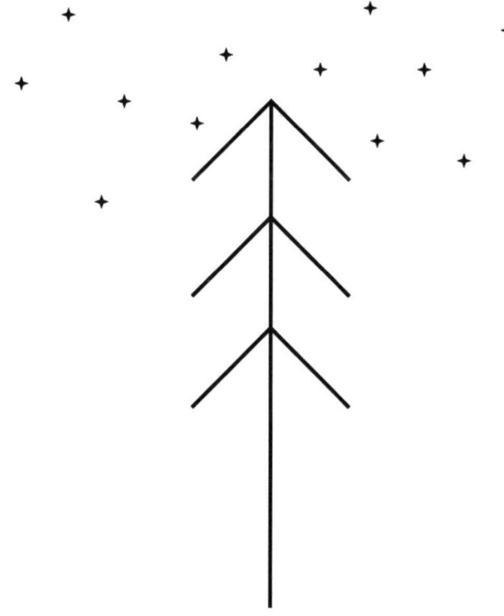

이별과

그리움

잊히며 사는 것

억지로 사랑하지도
억지로 미워하지도 않는
모호한 세상 속에 산다

시공간을 넘나드는 상상
멀리 가지 않아도 그리워하고 있다

떠나보내야 하는 시련
마주 봐야 멀어질 것이다

삶이 끝나지 않는 이상
잊고 잊히며 사는 것

비가 오는 날의 그림자처럼
보였다 말다 한다

반복

빛이 산란되는 적막의 도로 너머로
뜨거움이 저물어 간다
아, 돌아서지 아니한 채 간다
돌아서면 애처로움이 느껴질까 봐
너는 앞모습이 되어 멀어진다

멀어짐은 사라짐이 되어
그림자마저 몽땅 가져간다
그리운 것이다
우린 오직 시간 속에 함께하기에

이제 나는
달을 보며 하는 말
해를 보며 한다

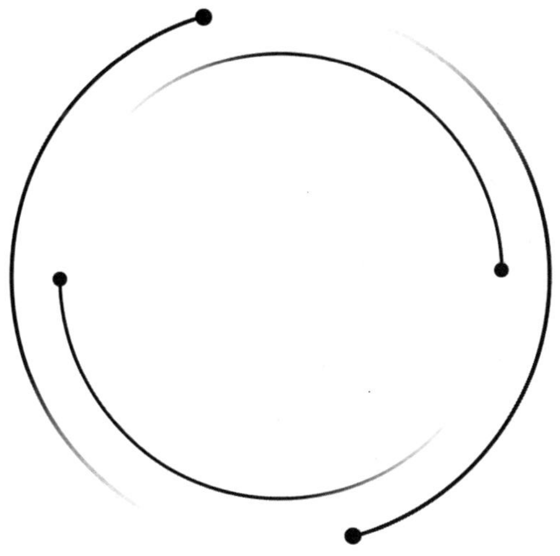

호로고루

하늘을 배경 삼아 서 있는 솟대 그대로
일정하게 흐르는 강물 그대로
들판 쓰다듬는 바람 그대로
물때 낀 성벽 그대로

전에도 그랬듯
푸르른 들판 위를 날아다니는 까치
물그림자 아래 알을 낳는 민물고기
자기 영역을 지키기 위해 싸우는 길고양이
한 공간 속에 각자만의 세상이 있다

시간이 지나도 변하지 않을 이곳에
그들이 바라본 시선만이 남는다
시선 따라 떠나는 시간 여행
누군가에겐 한 편의 시로 남은 이곳

스쳐 지나갈 장소 중 하나

뜻깊은 의미 하나 심어 두니
언제 와도 그때의 기억이 보여
오직 나만 보이는 추억이 선명해진다

고요한 이곳에 나를 맡겨 봐야
머릿속만 복잡해진다
눈빛 그을린 고구려 병사의 마음으로
산줄기 너머의 노을을 보며
너 없는 하루가 또 지나간다

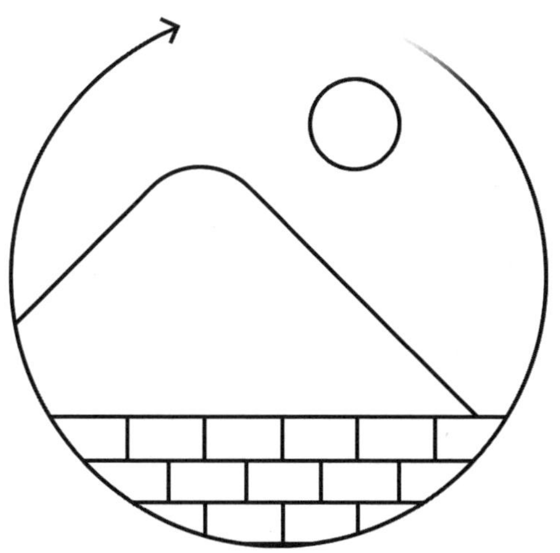

찻잔

청춘같이 푸르른 것을 모아
물속으로 풍덩
추억은 방울방울 떠오르며
천천히 우러나는 초록빛

첫 모금에 느껴지는
쌉싸름한 추억의 맛
우리 그때 어떤 일이
컵 속에 담긴 찻잎처럼
일부가 된 나의 전부

이리저리 휘저으니
더 진해지는 색상
잠깐의 초록임에 감사했다

홀딱 젖은 추억
컵 안에 담겨 있다

핑크빛 하늘

한때의 감정을 표현하기에
적절한 색감
함께 나눈 수많은 대화
우리의 바람처럼 흩어져 간다

잠시 그때를 생각하다
다시 한번 바라보니
옅어져 가는 핑크빛 하늘

너는 나처럼 나는 너처럼
같은 곳을 바라보는 우리
뭉게구름 피어나야 보이는구나
그때 우리가

행복했었나
되묻다 보면 창밖에 어둠
드리워진다

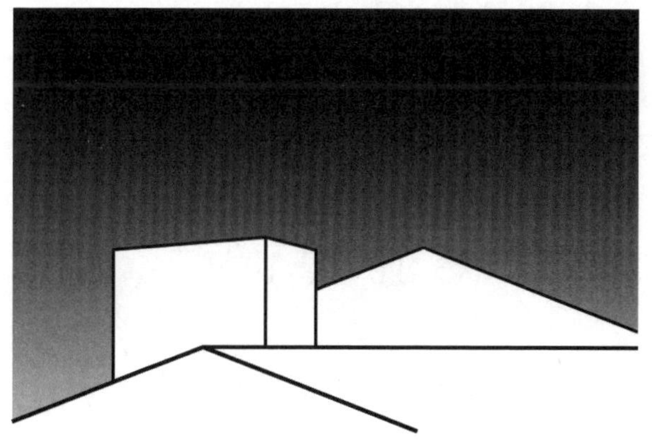

아지랑이

한참을 기다렸다 치는 아우성
아무 데나 매달려 울어도
아무도 쳐다보지 않는 여름 속에서
너는 아지랑이가 되어 사라졌다

이제 누구와 더위를 휘저어야 하나
숨 막히는 방 안에서 웅크린 채
풀벌레 소리 나는 선풍기를 쐰다

너는 봄의 벚꽃이자 가을의 단풍처럼
아름답다 사라질 운명
푸르른 여름 속에서
홀로 앙상한 나무가 된다

가지만 남은 나무에
하얀 눈꽃이 피도록

너를 사랑하는 마음
차라리 겨울이었더라면 했다

신기루

사라져도 영원하고
보이지 않아도 존재하는 사랑

내가 더럽힌 건 아닌데
그대로 놔두니 한 겹의 먼지가 쌓여
색을 점차 잃어 간다

마침내 회색으로 둔갑한 유령
뒷걸음질 치게 만들기 위함이었음을

그렇게 신기루가 되는 것을 바라본다
눈물을 흘릴 새도 없이

옅은 바람에도 흩날리다
영원히 사라진다

지박령

우연한 만남으로 시작되어
그럴듯한 사랑을 하고
가장 뜨거웠던 시간을 지나
잠에 드는 일대기

두 눈을 감은 채 아무 말 없으니
단 한 번뿐이라는 생과 사의 말에
결코 반박할 수 없다

눈에 보이는 것이 세상이라는데
눈을 감았을 때 보이는 형상
영면의 시간 속에서 잠시 탈출하듯
인기척마저 느껴진다

다녀갔지만 그러지 아니한
대체할 수 없는 그리움
누구나처럼 안고 살아간다

망망대해 같은 이곳
끝없는 수평선을 그대는 그린다

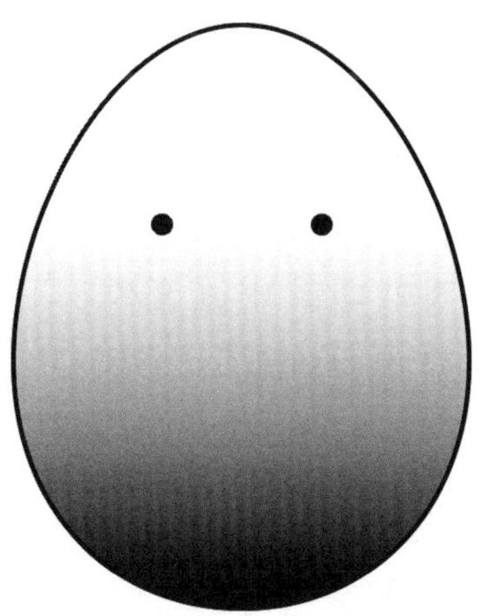

홀씨

외로운 홀씨야
나른한 햇살을 타고 어디로 날아가느냐
옷깃에 붙으면 먼지가 될 테니
제자리를 찾아 날아가거라

외롭다고 한 것도
슬프다고 한 것도 아닌데
내 마음대로 정의 내려 버린 홀씨
고개를 숙인 채 발견된다

아름답지 아니할 것이 있는가
폭죽이 터지다 만 것 같아도
홀씨 모습 그대로 간직한 것이니
변한 것은 오직 나 하나뿐

노을처럼 아름다우니 저도 괜찮다
결코 사라지는 게 아닐 테니

유유히 바람 타고 날아가는 홀씨
어느 순간 눈에 아른거리는 것이다

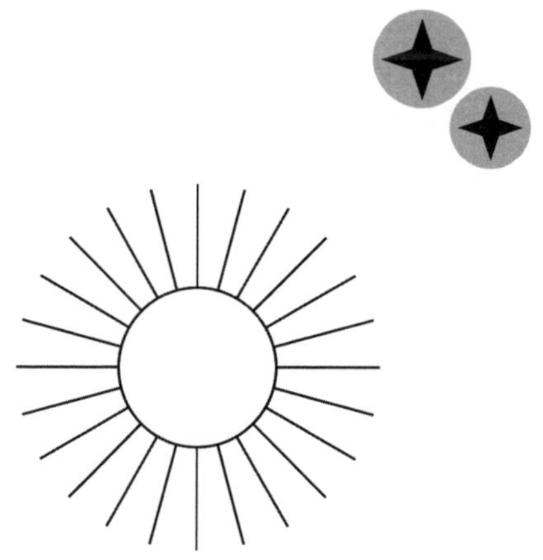

맑은 날

날이 맑은 어느 날
태양은 자신을 자랑하듯
빛을 있는 힘껏 내리쬔다

볕 아래 두 사람
숨이 턱턱 막히는데
아주 잠깐이라도
바람을 쐬면 좋겠다

도망치듯 달려온 계곡
물결이 빛에 반사되어
그물망이 있는 듯한 물속
우리는 물고기가 되어
그 햇빛 그물망 속으로 뛰어든다

발을 담근 채 나를 바라보는 당신
옛 기억이 잠깐 스칠 찰나

발끝을 미끄럽게 지나치는 물고기에
쪼그려 앉아 물속을 바라본다

잽싸기도 하여라
약이 오른 상태로
첨벙이다 보니
자랑질하는 햇빛을
잠시 잊는다

집으로 돌아오는 길에
물장구치는 나를 보며
어렸을 때 모습이 떠오른다는 말
송사리처럼 놓친 추억인가
아, 옛 기억이 잠시 또 스칩니다…

날이 맑은 예전과 같은 날
눈부셨던 그때를 회상하게 만든다
빛을 있는 힘껏 내리쬐니
숨길 수 없는 눈물이 차오른다

농부

할아버지의 땀방울을 먹고 자란 벼
이 둘은 마치 하나가 되어
고개를 숙인다

노란색으로 염색이 끝난 밭
사계절에 걸쳐 흘린 땀방울이
결실을 맺는 순간

말끔해진 상태로
할아버지와 함께 떠나는 장
한 손님이 찾아와
노력의 결실은 빛을 본다

기일이 될 때마다 묘를 찾아가
술 한 잔과 함께 고개를 숙이던 할아버지
그때와 비슷한 각도로 인사를 한다

고맙다는 말과 함께
할아버지의 곁을 떠난 쌀을 보며
고개를 숙인다

어제 했던 말

말하지 않으면 없던 일로 만들 수 있는
간단한 세상을 산다

눈 한번 딱 감고
괜찮다는 거짓말을 한다
깜빡거림 없이 살 수 없기에
이런 건 별일도 아닐 것이다

반성해야 할 일이 많아
똑바로 쳐다보지 못했다
그러니 너무 미안해하지도 사랑하지도 마라

대부분을 무표정으로 사니
언제 이별할지 모르겠다
하고 싶은 말 많지만
바보처럼 어제 했던 말이라는
착각 속에 산다

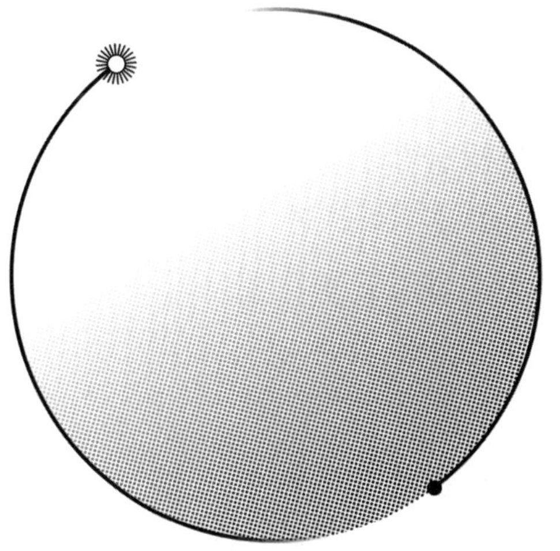

바다를 품은 소라

돌부리에 걸려 철퍼덕 넘어지는 파도
모래사장의 낙서를 한 호흡에 삼켜 버리는
마를 새 없이 우는 푸른빛 아지랑이

미역 몇 줄기와 소라를 토해 내곤
끝에 와서 방울방울 맺힌다
그게 우리의 흔적이라면
몇 초라 표현하기도 힘든 찰나의 순간
터지고 마는 울음 같은 것

세월이란 배를 타고 떠난다
어제 봤던 일렁이는 모습보다
좀 더 빠른 호흡으로 숨을 내쉰다
아무 말 없이 떠난다는 게 아프지만
무소식이 희소식이 될 테다

일렁임의 끝에 놓인 소라

너는 그 사정을 알 것만도 같은데
그때가 언제야? 고요함에 귀를 기울인다
무언가 울리는 소리
아무 일 없던 체할 수가 없다

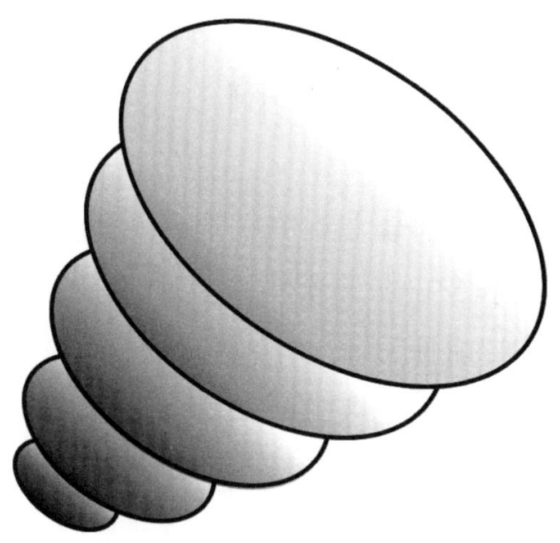

향기

당신이 머물던 자리에는 향기가 있습니다
흔적조차 없이 사라져도
그러합니다

예쁜 채 사라지네요
매일을 이별하기 위해 사는 것은 아니기에
새로운 사랑이 찾아올 거예요

이리저리 고개를 돌리며 부정해 봐야
제자리라는 아픔 속에서
사라진 그대를

고개를 떨궜다 들었다 하며
바라봅니다

장미눈꽃

혼자 걷는 길에 장미향 가득한 거리
저게 영원한 사랑의 꽃말
차라리 장미의 꽃말을 믿지 않았다면 좋았을걸

첫눈에 사랑에 빠졌던 겨울처럼
순간 쌓였다 녹는다
눈꽃의 결말은 젖어 들거나 사라지는 것

눈을 사랑하는 사람 따로
눈을 보는 사람 따로
눈을 품는 사람 따로

꽃을 품는 사람 따로
꽃을 보는 사람 따로
꽃을 사랑하는 사람 따로

따로 사랑해도 괜찮을 걸까요

장미를 덮는 눈꽃
시들기는커녕 있는 그대로 젖어 갑니다

함박눈

밤이 돼도 하얀 눈
계속 쏟아진다
가로등에 비친 눈 떨어지는 모습
뭔가 틀렸다는 듯이
사선으로 빗발친다

너를 다시 칠하기 위해 썼던 색안경
하얀 눈 끊임없이 내리니
다시 흰색으로
또다시 흰색으로 물든다

너에게 가는 길
뻘처럼 부드러웠으면 하지만
투박하게 부서짐으로 앞길을 막는다

사랑했던 날도
괴로웠던 순간도

우리의 눈길에 더 이상 없다

눈이 얼음이 되도록 기다리다
돌아오는 길에 미끄러진다

함박눈 좋아하던 너
어디에 있는 거니?

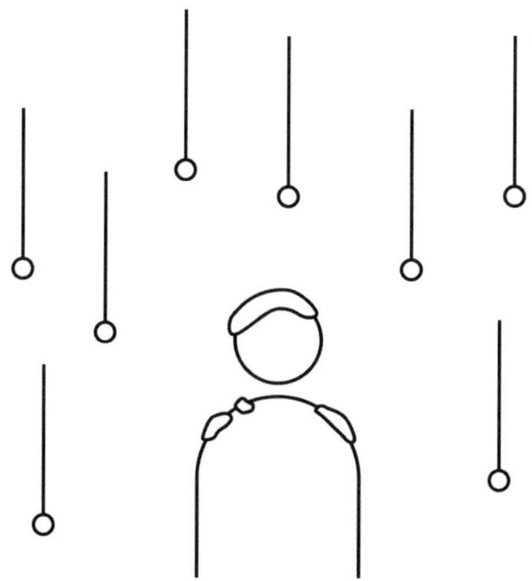

우리 집 고양이

혼자 떠들어도
혼잣말이 아닌 듯이
귀를 쫑긋 세워 들어 주던 너

하도 속삭여서
난 너에 대해 잘 모르지만
너는 나에 대해 모든 걸 알고 있지?

마지막 순간에
미안하다고 하면
너는 나를

이해할 수 있지?

슬픈

진심

빠르게

어릴 적 낙엽 부셔 가며 뛰어가던
배움으로 가는 길

차를 타고 지나치니
풍경이 부서진다

너무 빠르게 온 건 아닐까
실내화 가방 발로 차던 투덜거림만이 남아

그때의 나와 시간을 타고 온 동행자
살다 보니 변할 수밖에 없었다

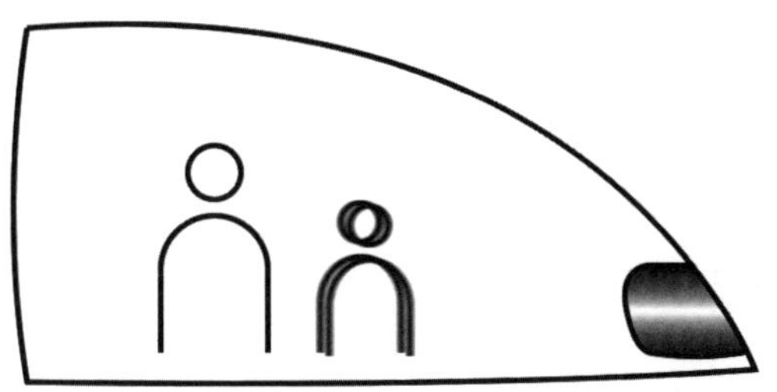

꽃 하나

꽃 하나를 그리겠다고
꽃을 꺾지 않은 단순함
꽃이 필 무렵에 했던 그의 다짐 덕분에
비로소 꽃이 피었다

있는 그대로를 보고 그렸기에
과장된 표현은 없다
사실적인 그림은 마치
도화지를 관통한다

지나간 세월은 모두 찰나이기에
날아갈 듯하지만 머무른다
청춘이라는 꽃 마음속에 피어나
한 번의 붓질에도 영원히 남는다

너와 나는 그렇게
꽃 하나의 세상 속에서

똬리를 틀며 물감을 쥐어짜
꽃 하나를 그려 낸다

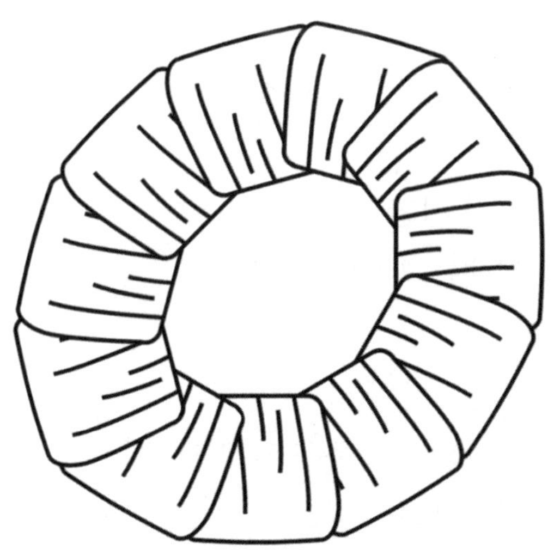

이별이라는 유산

언제나 밤이 찾아오지만
끝내 아침이 오지 않았다

두 눈을 감은 채 보내는 시간
가족의 눈물 모아 놓은 수액
애처롭게 한 방울씩 떨어질 뿐

마치 의사의 진단에 곧이곧대로
사경을 헤매는 미로에 갇힌다

아프도록 살고 싶구나
아침이 허락되지 않음을 알게 되었을 때
비로소 세상과의 이별을 스스로 판단한다

정신이 아주 희미하게 남아 있을 때
그 침묵은 무엇보다 요란하다

욕심 가득한 이 세상으로부터 떠나
제2의 삶 목적지로

추억은 미화되기에
이별이라는 유산
모두가 겪는 비통한 아름다움이다

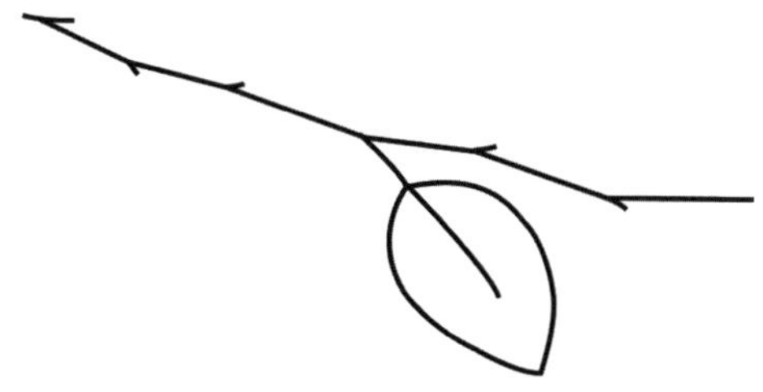

먹구름

먹구름이 지나간 다음
한줄기의 빛이 휘는 광경
무지개를 보며 순수했던 때는 어디로
소원이라는 욕심이 나를 비춘다

흐린 듯 보이지만 분명한
빛의 왜곡
한 치 앞이 아닌 저 멀리를 쳐다보니
찌푸려지는 눈살

살다 보면 모두 그러한 것
먹구름 드리우는 날이라도
빗방울은 언제나 투명하기에
두려워할 것도 없다

지나갈 먹구름 비 또 무지개
흐린 하늘 아래 두 사람

살고 살아야 하는 것이니
맑고 흐리기도 한 것이다

노동요

이런 가슴 아픈 이가
또 있었구나

입소문 퍼지면 더 괴로워질 테니
노래로써 대신하는 마음

코끝이 찡하다
왠지 너와 함께인 것만 같아서

보다 효과적인
우리가 아름다워지는 방법

네가 좋아하던 노래는
비로소 나의 노래가 된다

판단

마음이 괴로울수록 날이 선다
망상인 것 같아 생각을 고쳐먹어도
거기 어디쯤 엇비슷한 곳에 맴돌 뿐이다

보이지 않는 곳에서
이야기는 시작되니 와전될 수밖에
오해는 때로 진실을 낳는다

얼어 죽을 자존심은 그리도 세다
굳건히 지키고자 했던 약속에 대해
반감을 가진 그때

핏줄까지 세워 가며 의견을 토해 내고
위로하지 않아서 감정은 아직 온전하다
세세히 말할 수 없지만

거짓말은 항상 이유가 있다

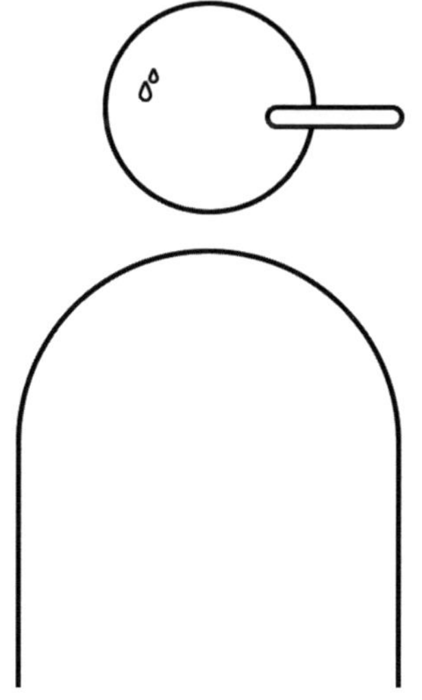

시절인연

세상만사
분명한 원인을 찾지 못할 뿐
우연이란 없다

하늘 높이 훨훨 나는 연
언제 어디로 갈지 모르는데
한 치 앞도 모를 연을
어찌 내 마음대로 할 수 있겠는가

풍파로 인한 격통
모든 것은 지나간다
다가올 만남을 맞이하고
미어지는 이별 겪다 보면

어느 순간
인연이 찾아온다

몇 년 전 오늘

156

어떤 여름을 기대했을까
한 치 앞도 모르는 내가

생각대로 될 거라고 믿었던
너무 많이 긍정적이었던 내가

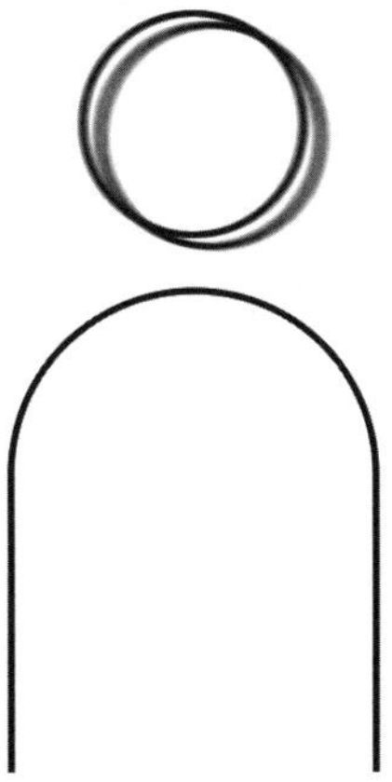

치악산

하늘과 땅의 경계선
적악산의 꿩이 이름을 바꾼 치악산
땅과 하늘의 경계선을 넘어야만
꼭 이름이 널리 퍼지는 것이더냐

생명이란 귀한 것인데
누군가의 희생을 바라는 나를 보며
치가 떨리고 악에 받친다

만물의 이면
물이 흐르는 상원골의 바위와
비로봉의 기암괴석
모두 바람이 닿는 곳인데
어찌 생김새가 다른 것이냐

참회하는 나의 이면
대웅전을 가자마자 엎어진다

무릎이 깨질 정도로
이내 하늘로 올라갈 바람
마음을 가슴을 훑고 간다

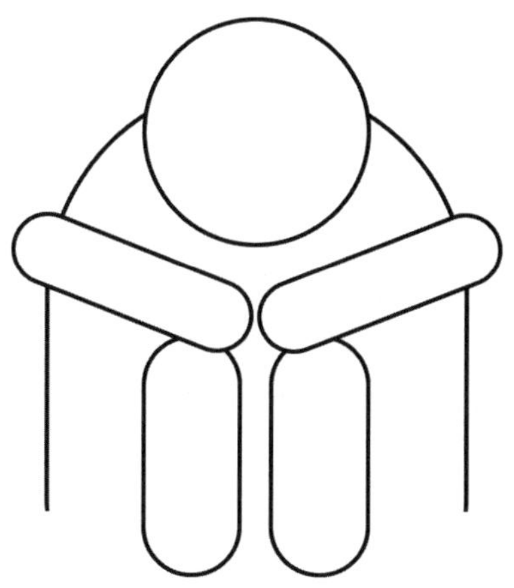

음과 양

서예가의 붓만이
아름답지 않듯

어떤 말엔 음이 있고
어떤 말엔 양이 있소

가슴속에 태극 모양
어두운 숨 끝엔 하얀 거짓말

거의 다 섞인 것 같은 흑과 백
그만 붓을 내려놓고

우리, 휩쓸려 가도록 하세

돌다리

읍내에 나갈 때마다
물에 젖은 생쥐가 되기 싫어
바짝 마른 돌덩이 옮겨다
흐르는 물 사이사이에다
몇 개 옮겨 놓는다

사뿐히 뛰어넘는 고양이
옆 동네 구경 가는
경쾌한 발걸음
그 아래 숨죽인 가재 잡겠다고
들치는 아이들
혹시 내가 이 물을 더럽힌 걸지도 모르겠다

끊임없이 철렁이는 물에도
나 사는 동안엔
결코 잠식되지 않을 이기적인 돌다리
가히 나무 판때기보다 약할지도 모른다

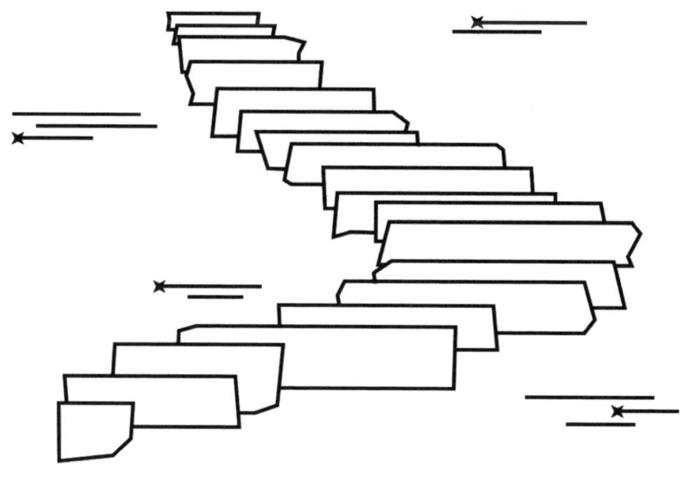

열반

소중한 마음을 간직하면
중요한 다짐이 된다
혹여나 잘못된 길을 걸을 때
번뜩이는 참회와 같은 것이다

우리 모두를 속여도
그렇게 되기로 다짐할 뿐
태초에 있었던 일은 변치 않으니
결코 나 자신을 속일 순 없다

듣기 싫은 말 받아들여라
네가 뱉은 말은 흩어지더냐
흉보는 일은 불후한 것이오
고통의 굴레는 끊임없는 것이다

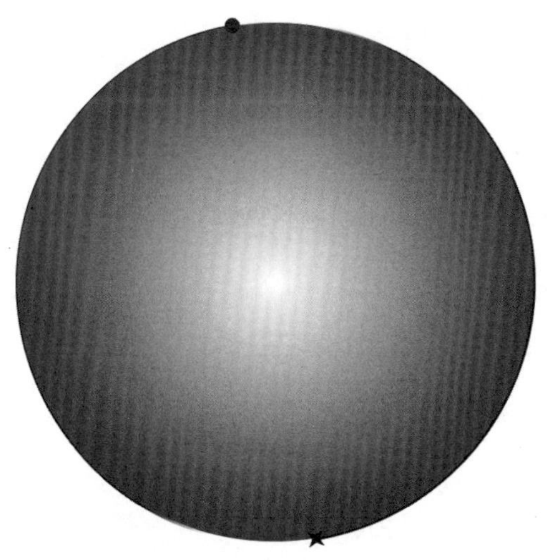

자연으로 돌아가는 것

역재생되는 나의 과오
돌아간다고 달라지지 않는단다

지난날이 아름다울 수 있게
울퉁불퉁한 길을 메우는 삽질할 뿐

분노에서 시작된 마음의 끝은
되도록 옳은 방향으로 가야
날카로운 칼로 자르더라도
모난 곳 없이 평평한 시계가 되는 거란다

누군가 비아냥거리는 것도
뒤에서 시작된 이야기도
둥글게 둥글게 받아들이다 보면
모두 자연으로 돌아간다

지난날의 아픔은 모두
먼 훗날 위로가 될
나만의 명언이라 생각하며
옥죄어도 고요하거라

내면의 힘으로 세상은 돌아간단다

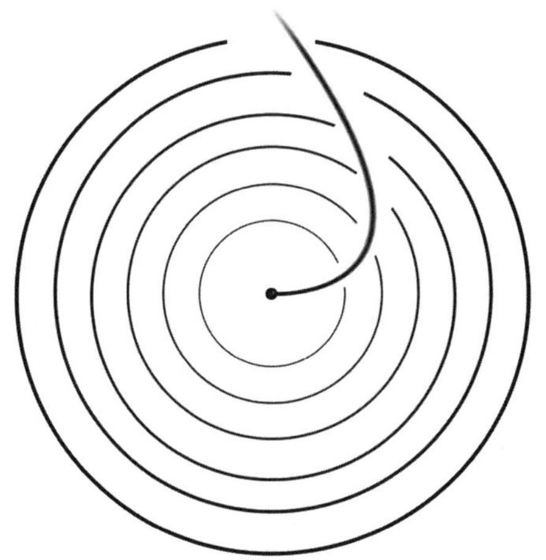

소나무 잎마름병

잎의 끝부분이 말라 간다
뿌리와 거리가 한참 멀어
영양분이 전달되지 못하는 곳
빗방울이 애처롭게 매달려 있던 곳

그렇게 뚝뚝 물방울을 천천히 떨어뜨리며
새싹에 물을 주고
쨍쨍한 날엔 때에 따라
그늘이 되어 준다

한결같은 소나무처럼
사계절을 푸른 채로 기다리다 보니
흰머리가 자라난다

말 못 할 푸르름은 외로운 것이다

미끼

미끼처럼 던진 말
너무 배가 고프다면
덥석 무는 것이 인지상정이다

나이가 드는 것은 꾀가 늘어나는 것이라
미끼만 쏙 빼먹고
달아날 수 있을 줄 알았는데
입에 걸린 갈고리와 함께 씹으니
더 깊이 파고든다

미끼처럼 던진 말을
덥석 무는 것이 잘못이라면
먹이사슬은 진작에 붕괴되었을 것이다

실수 없는 사람 없고
후회 없는 사람 없고
잘못 없는 사람 없다

그저 말하지 않았을 뿐

슬픈 진심

침묵이라는 미끼를
이곳저곳에 던져 놓은 것뿐이다

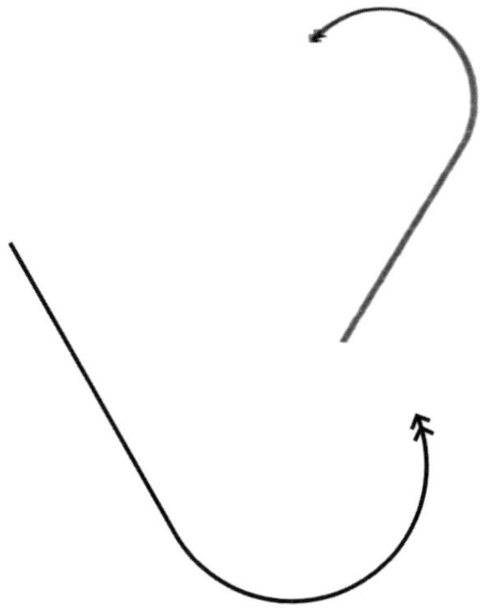

얼룩무늬 몸에 새기는 일

벼가 고개를 숙일 때 까끌까끌하게 밀리는 논처럼
빡빡머리가 된 9월 27일
놓고 싶지 않은 인연들과 잠시 이별을 한다

적응은커녕
불면을 불침번 초번이라 여기며
씩씩한 채 잠들지 못하고 있다

피부 같던 사복과 운동화를
편지와 함께 택배 상자에 칼각으로 담아 보냈다

까끌까끌한 풍경이 익숙해져 갈 때쯤
먼 길을 돌고 돌아 도착한 답장
마치 어제 뵌 것 같은 어머니의 편지

'To. 사랑하는 아들 보렴'
첫 문장에 멍울지는 마음

씩씩하게 택배를 보내지 말았어야 했나

10월의 황혼은
빡빡머리에 눈시울이 붉어지는 것은 아닐 테니

편지는 잠시 없던 일로

고개를 드니 별이
몸과 마음에 바닥과 편지에
나는 얼룩무늬를 새긴다

To. 사랑하는 아들 보령

샘물과 무지개

끊임없이 솟구치는 샘물에
손을 씻으면 혹시나 죄가 사라질까

내 마음 전부를 꺼내지 않았다면
들러붙은 이끼처럼 결코 흐르지 못할 것이네

덜어 내야만 한다는 것
나의 욕심은 물방울처럼 없던 일로 하세

모든 걸 용서한다는 듯이 용감하고 싶지도
아픔을 잊었다는 듯이 당당하고 싶지도 않네

구름을 품던 웅덩이에 태양이 비칠 때
불같은 미움을 덜어 낸 것이라 해요

칠색빛 무지개 잠시라 해도
눈물이 그쳐야 떠오를 테니

울먹임은 침묵으로 통하여
끊임없이 솟구쳐도 나는 나는 안고 살아가겠네

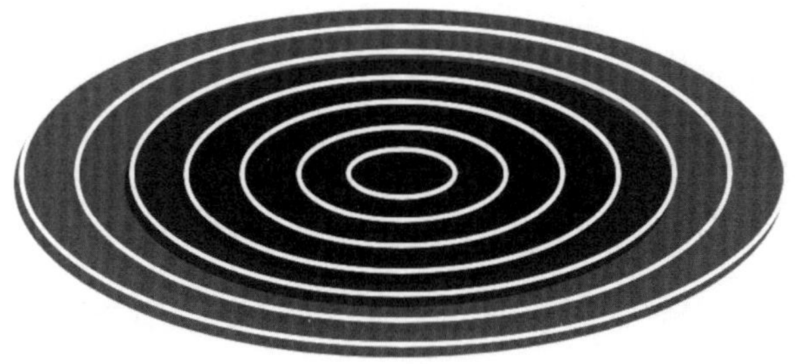

나무의 도열

길 양옆에 즐비한 나무
바람이 나무에 닿는 순간
박수 치듯 나뭇잎 부딪히는 소리
아직 해가 뜨지 않아서 고개를 들 이유는 없다

계속해서 앞으로
끝이라 생각했던 목적지에
끝이 보이지 않는 불그스름함

뜨겁게 떠오른다
옆에 아무도 없길래 눈물을 흘린다
같이 있을 때 봤던 감동의 여운일까
아무도 옆에 없길래 일출을 가슴으로 안는다

떠오름은 나의 것
여러 차례 붉어지는 과거

더 뜨거워지면
그땐 아름다워지겠지

집에 돌아오는 길
여전한 나뭇잎 부딪히는 소리
나무의 도열을 목격한다

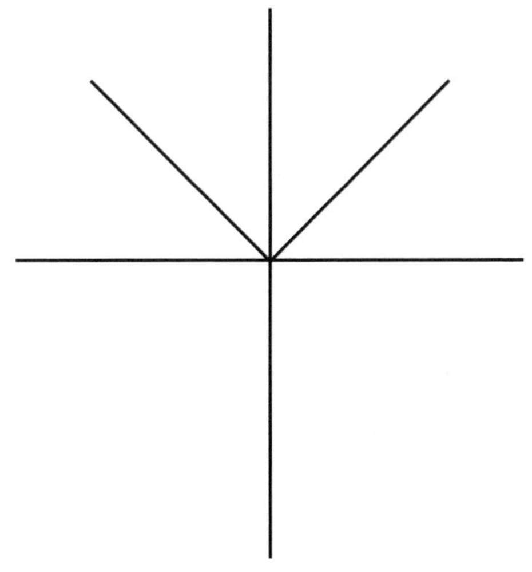

덧칠

빨간색의 사랑
주황색의 황혼
노란색의 청춘
초록색의 여름
파란색의 바다
남색의 새벽
보라색의 추억

무지개의 기억이 순간 뒤엉키며
형형색색은 검정으로

아무리 그림자 진다 해도
본연의 색 잃지 않는데
그럼에도 그림자 지도록
기어코 검정으로 칠한다

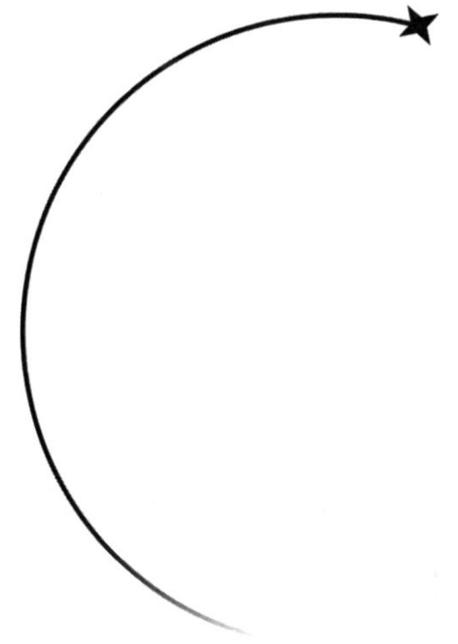

문 하나

서글픈 꿈에서 깨어나 타는 목
냉장고를 벌컥 열었더니
코를 찌르는 여름의 냄새가
그 안에 또 다른 여름이 있다

비가 와서 기사님이 늦게 도착한다 했다
마스크를 쓴 채로 쓸 만한 것들을 선별해 낸다
하루살이가 죽은 지 꽤 된 것 같은데
이는 냉기에 죽은 걸까 온기에 죽은 걸까

말 못 하는 기계처럼 한순간에 망가지는 건
예전부터 계속된 일
치매를 안고 살던 친할머니
무턱대고 진주 목걸이, 빽을 찾으러 가야 한다 했다

장롱 속에 넣어두었던
소중한 꿈 함축시켜 놓은 것들

묵묵한 그늘 서늘한데
그 속에 생명체를 놔둘 수 없는 노릇

여름이 되면 진주 목걸이, 빽
가져와야 한다는 할머니
그깟 문 하나를 넘으면 볼 수 있을 것 같은데…

한여름에도 차가운 거울
언제까지 청춘이냐는 말의 대답
망가진 냉장고 문 너머로 본다

독백

연기

작년에 피었던 곳에 똑같은 꽃이 핀다
감동은 두 배로 줄어들었는데
똑같은 감탄을 하는 그녀
나도 그런 것 같다고 한다

또 다른 고민이 생겨
붉은 입김 내뱉는 이
경청을 빌미로 입 다문 채
마음 쓴 척을 한다

혼자 변한 세상
날이 갈수록 혼잣말
모든 것은 올바른 방향으로

평범한 사람이 되려는 연기
괜찮아질 거라는 자기 암시로
나조차 속이는 지경에 이르렀다

모든 것은 올바른 방향으로
날이 갈수록 거짓말
혼자 변한 세상
생각나는 연기를 한다

그냥

시간이 지날수록
꽃과 함께 찍은 사진이 줄어든다
의도한 건 아니지만
그냥 그렇게 된다

있는 그대로일 때 아름다운 것인데
이건 어쩌고 저건 저쩌고 하며
장단점을 빠르게 추려 내니
거짓말할 수밖에
그냥 그렇게 된다

너의 눈 아래 검은 그늘
모르는 체하기도 물어보기도 애매한 상황
나 혼자만의 걱정으로 위로한다
서운하더라도 어쩔 수 없이
그냥 그렇게 된다

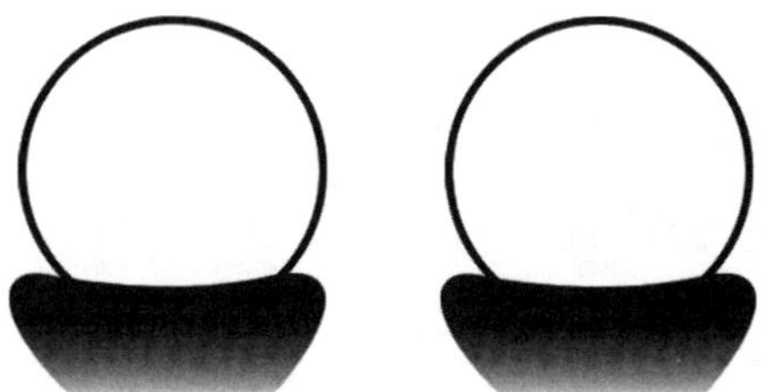

뿌연 아침

가까이를 보느라 눈이 멀어
멀리 볼 수 없게 된다
눈을 비벼 다시 한번 바라보니
안개 자욱한 새벽이다

나뭇잎에 맺힌 이슬
간밤에 슬픈 꿈을 꾼 건지
가쁜 숨을 몰아쉬는 나무
향기가 그대로 전달된다

안개가 걷히고 나니
알 수 없는 혼잣말 지저귀는 종달새
시끄럽게 굴긴
너를 위협하던 무언가는 잠시 사라질 거야

비로소 아침을 맞이하는 만물
커튼 같은 이불을 걷어 내고 나니

젖었던 새벽의 흔적은
태양의 손길에 의해
아주 조금씩 마르고 있다

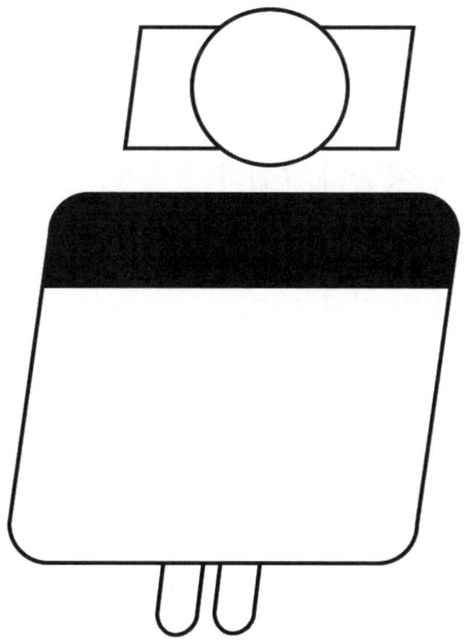

삶

다시 돌아오지 않을
매 순간을 사는 사람들
잘 살아 보겠다는 목표에 의해
유한한 인생 속에서 치열한 경쟁을 한다

과거에 사니 거기서 거기
미래에 사니 이랬다저랬다
이러나저러나 피곤하게 굴길래
그저 현재를 살기로 했다

하루를 살며 대부분을 희생하지만
사랑하길 바라
살아 있는 한 헛된 날은 없다

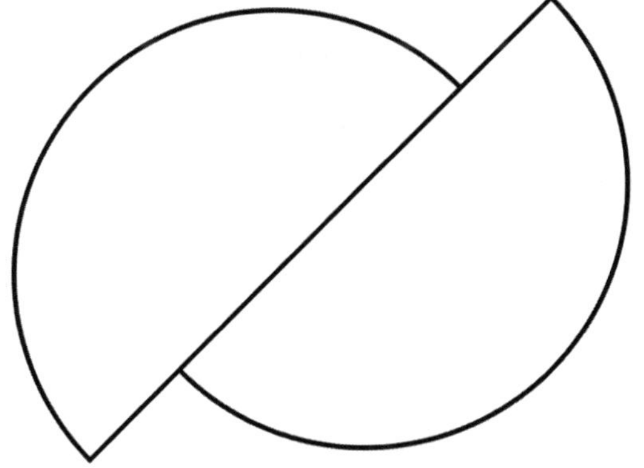

느티나무

의심은 여러 가지로
뿌리를 내리는데
보이지 않는 것을 어찌 잘라 낼 수 있는가

물은 바위를 피해 가지 않고
거스르지 못한 자리에 결을 만든다
그럼에도 바위는 슬퍼하지 않는다

나로 하여금 시작된 고초
땅속 깊은 곳에서 분주한 다툼
끝내 뻗어나감은 푸르도록
좀먹은 느티나무는 알고 있다

고독

아무도 찾지 않아
슬픔 가득 안고 살아가는 그대
잿빛 하늘에 흐르는 땀방울
지루한 길을 계속해서 걷는다

불확실한 미래에 투자되는 고독
간밤에 외로워하던 그는
괜한 수고로 흘린 땀에 의해
오늘도 메말라 가고 있다

유기적인 먹고사는 문제
약을 번갈아 가며 섭취한다
지나치면 독이 된다는 말처럼
골병든 상태에 도취되어
끝내 독약을 들이붓는다

의심

오늘도 잘 해내리란 다짐과 함께 나서는 집
물웅덩이를 밟아 지나간 자리에 발자국이
암울한 모습 그대로 보이니
잔잔한 호수 따라 걷는 아저씨를 보며 화풀이한다

집 가고 싶다는 염원 가득 담긴 버스
반대로 반대로만 가는데 웃을 일 있나
신경질적인 태도에 불똥 튀길까
건설해 놓은 나만의 세상에 빠진다

커피집 지나면 내가 가야 할 곳 있다
자유를 잠시 빼앗긴 채 이끌려 간다
이름, 성격도 다른 우리가 하나가 될 이곳
적막한 공기라 그런지 웃음도 투박하다

내 방식이 틀렸다는 생각이 드는 순간
나를 의심하게 된다

걸림돌 같은 생각인가
눈앞에 자갈밭 깔렸다

열매

쓰라린 상처에 연고를 바른다
아파도 맞닿아야 하는 시간
아이의 눈가에 눈물이 뚝뚝
상처는 인생의 동반자란다

인내의 씨앗을 꼭 쥐고
아물 때까지 잘 보살피거라
나는 항상 너를 보고 싶지만
열매는 네가 맺는 것이기에

봄비는 지난 한파에 부르튼 나무를
부슬거리며 간지럽히고
언제 그랬냐는 듯 잎이 자라나
꽃이 피고 열매를 맺는 거란다

따스한 햇빛에 녹는 눈처럼
시선으로 사랑하고 있다

열매가 온전히 너의 것이 될 때
그제야 돌아보거라

내가 얼마나 너를 사랑했는지

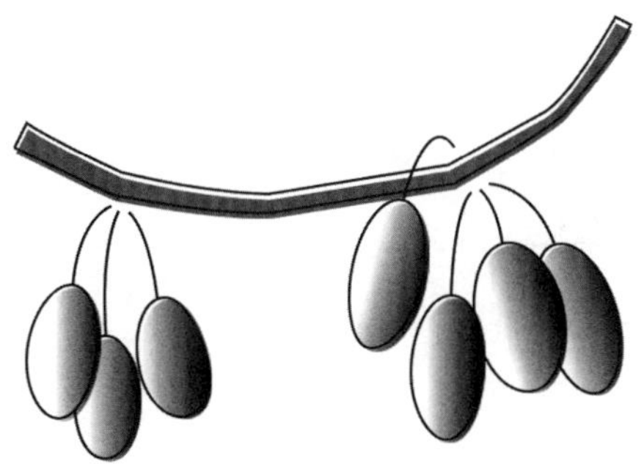

독서

가시 돋친 말
수없이 가슴속에 꽂힌다

띄어쓰기 없는 한탄
너의 마음 충분히 알겠다

내 입안에 가시가 돋아서
대답하지 못했다

때로는 눈으로 듣는 말
선명하게 아프다

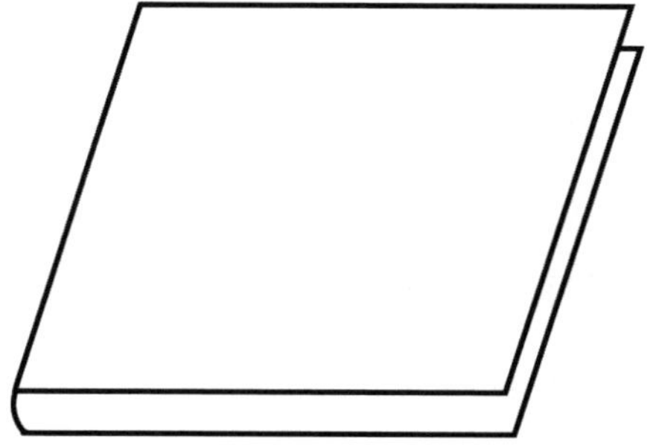

억새

적응을 완벽히 마친 억새
살랑살랑 부는 바람에
쓰러지지도 않고
위태롭지도 않네요

이파리 푸르길 기다리는 그대여
사계절을 전부 보내도
흰색으로 태어나
흰색으로 시들어질 것이니
한때의 절경을 즐기세요

동남쪽 방향을 따라
고개를 숙입니다
제 한 몸 저리 표현하니
못 본 체하고 뒤돌아서 봐야
붉은 노을에 그림자만 길어지네요

철새가 다녀간 자리
그곳에만 온기가 남아 있어요
그마저도 처연한 가을바람에
한 꺼풀씩 사라집니다

붉은 정원

태양의 온기만큼 반짝이는
일렬로 늘어선 댑싸리의 초록빛

뿌리부터 차오르는 것은 붉음
비록 아픔의 흔적일지라도
어여쁜 꽃 곁에 핀다면

언젠가 아름다워질 것이다

시드는 것까지 생각하기엔
너무 짧은 시간
기약 없는 작별 인사하겠지만

언젠가 다시 만날 것이다

이유 모를 붉음이
이유 없는 사랑으로

드넓은 정원에 서서
속으로 감정을 억누르며

시들며 붉기도 한
모락의 만개
마음속에 아지랑이 피어난다

빨리

단물 쏙 빼먹은 여름
알아서 시들어 버릴 텐데
내 안에 화가 너무 많아서
나의 7월을 빠르게 태워 버렸다

억지로 덮인 것이 아닌
12월의 거리
모두가 등 돌리듯 둥그스름함
모난 것은 거울에서만 보인다

눈에 파묻혀 함께 녹았으면 좋겠다
살이 갈라져도 괜찮다고 했고
차가운 바람에 입이 얼어붙어도
괜찮다고 했다

겨울을 살아야 봄이 오듯
건조한 가을의 흔적 속에서

흩날리는 순수함 속에 재를 섞어
함께 녹아 버렸으면 했다

미술관의 그림

영원히 살아 숨 쉴
의미를 담아 두었지만
그걸 모르고 지나가는 이가 있다

작업실에 있으면 '자연 그림 6호'
미술관에 있으면 '아름다운 자연 속에서'

제목만 바뀌어도 감동이 배가되는
이것은 말 한마디의 기적과 같다

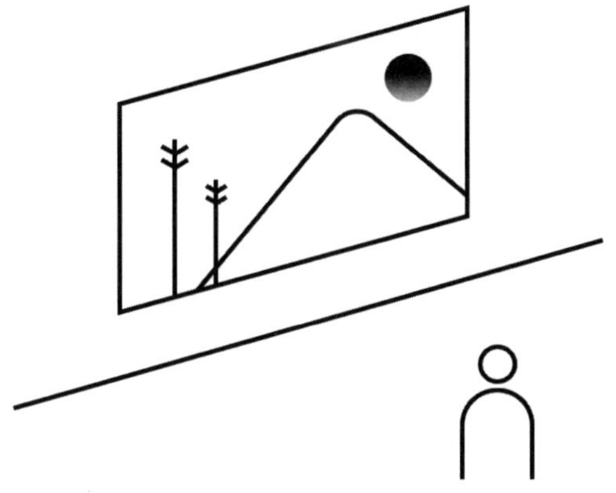

여행

나 홀로 떠나는 여정
내 맘대로 모든 걸 조정할 수 없지만
나의 시점으로 떠난다

겨울에 잎이 무성한 여름으로
여름에 함박눈 쌓인 겨울로
낯선 듯 익숙한 사람들 사이로
너의 모습이 스친다

다른 공간, 다른 시간 속에서
아름답게 살아가길 바라
나는 돌아가야만 하는 사람이기에
찰나를 머물다 떠난다

마침내 깨어나는 꿈
꿈에서 떠나면 되는구나
나는 꿈을 좇는 사람

덮는 건 예술이다

덮는 건 예술이다

정상

눈앞을 가로막는 벽
고개를 들어 보니 현실이라 한다

돌아가면 그만
올라가면 정상

무엇을 선택할 것인가
비바람에 요동치는 숲처럼
펄럭이는 깃발은
빨리 올라가라며 채찍질한다

말이 앞서는 것은 싫다
그 속도를 따라갈 수 없어서
노력할 때 요란할 필요 없다

시행착오 끝에 정상
성공이라는 깃발과 함께

눈앞에 떠오른 전경
이제 나는 나를 군림할 수 있다

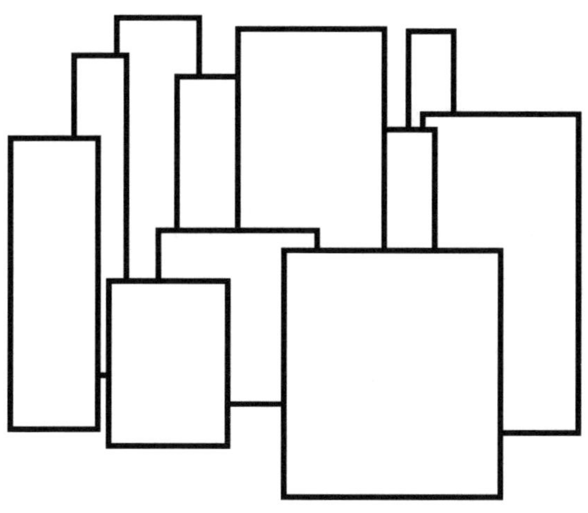

동서남북

사방에서 난리를 친다
정신없는 가운데
중심을 잡고 걸어가는 광대
위태로움을 연마하는 이
밥줄을 근근이 이어 나간다

동남서 북 치는 소리
얼이 느껴지는 판소리
구슬픈 가락에도 사람들이 모이니
백 명 중에 두세 명 정도 빼놓곤
모두 외줄타기 인생이다

사방에서 손가락질하니
모든 화살은 다 내게 날아온다
인생은 예술이란 마음으로
손가락질을 박수로 바꾸는
어느 광대의 몸부림은 계속된다

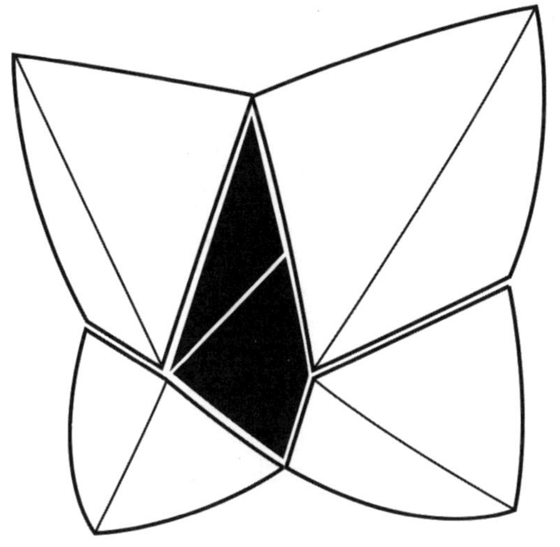

과속

지혜를 바탕으로 지적하려는 찰나
그 지혜는 어디에서 비롯되었는가 생각해 보니
나의 실수에서 시작된 것을 알게 되어
그 마음을 안고 문득 떠오른 지혜가
오늘의 나를 잡지 못하게
재빠른 속도로 도망간다

그렇게 빠르게 지나치다 보면
창밖에 모든 물체는
무언가에 쏠린 것처럼
가로 형태의 잔상만 남는다
그마저도 흐릿하게 보일 때면
밤이 왔다는 걸 알게 된다

모든 것을 통찰했는가
뛰어난 사고를 가졌는가
미움을 살 용기가 있는가

뜨끔하는 질문을 계속 던지다 보면
주마등처럼 스쳐 가는 과거의 잘못에
돌부리에 툭하고 걸린 것처럼
잔걸음을 친다

확대

연탄 한 장이 그린
땅바닥의 그림
따스함은 곧 거름으로

들여다보면 비극 속에
너는 내가 되지 않았으면
가장 포근한 자리를 내어 준다

가느다란 실로 꿰매는 이불
들여다보면 사랑 속에
마냥 가늘지만은 않은 실
더 단단할 것만 같이 끈이라 하겠네

눈이 오면 형태만을 갖춘 세상
가까워지려 하니 멀어지는
팔을 잃어버린 눈사람
녹아 버릴 텐데 사라져 버릴 텐데

마지막

섬세한 흔적이 남은
우리들의 시간

얼마나 거리를 뒀는지
그림자는 마침표로

이제 나도 뒤돌아선다
가는 길은 오는 길이 되어

처음 같은 마지막으로
끌려가듯 따라간다

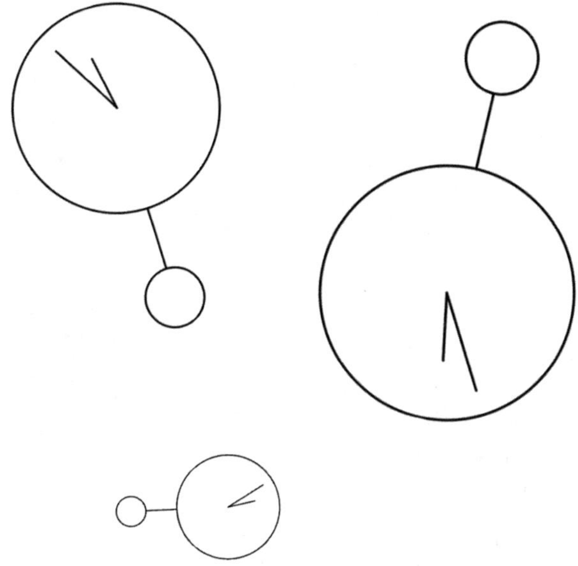

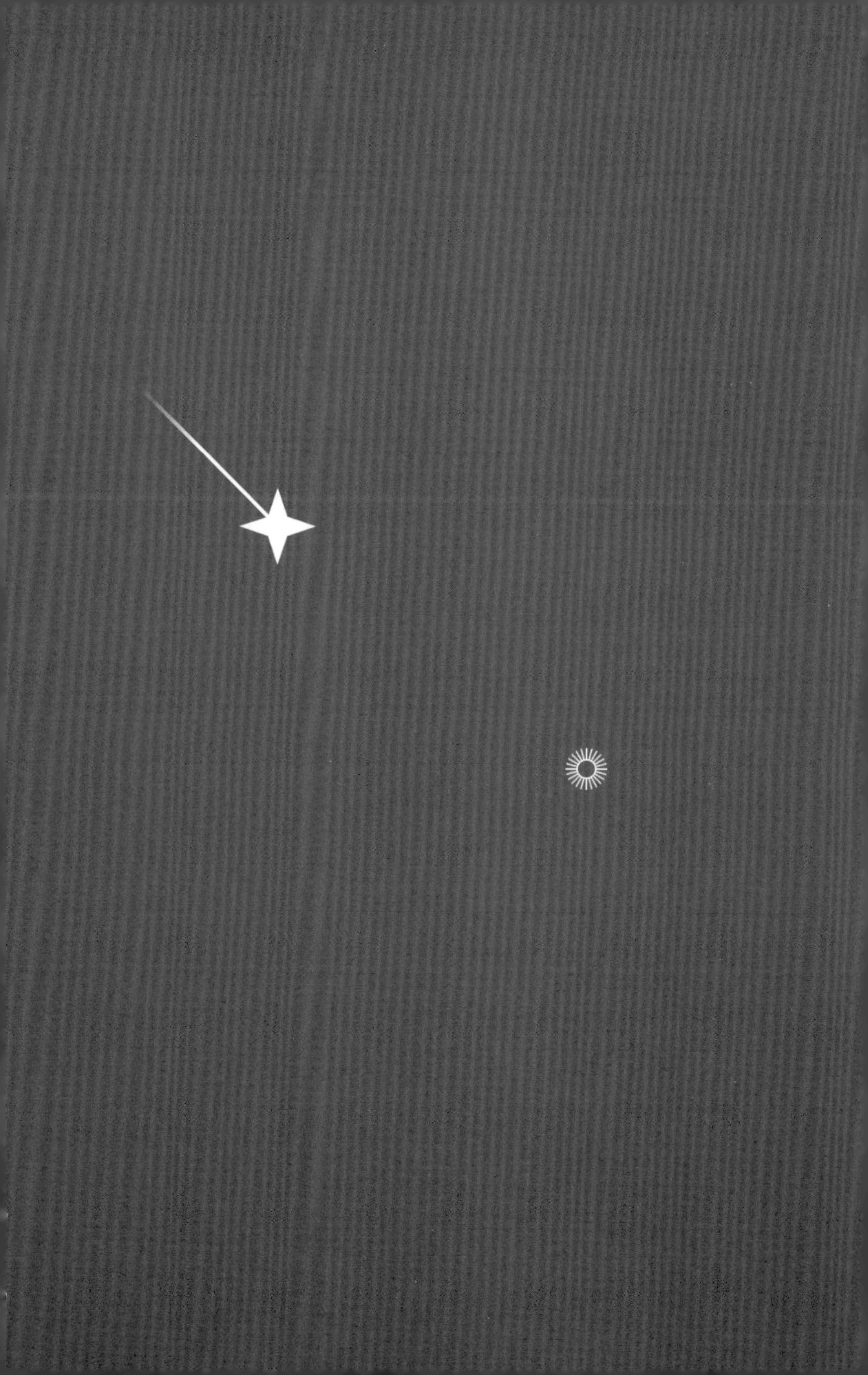

너의 7월

ⓒ 강익빈, 2026

초판 1쇄 발행 2026년 3월 30일

지은이　　강익빈
펴낸이　　이기봉
편집　　　좋은땅 편집팀
펴낸곳　　도서출판 좋은땅
주소　　　서울특별시 마포구 양화로12길 26 지월드빌딩 (서교동 395-7)
전화　　　02)374-8616~7
팩스　　　02)374-8614
이메일　　gworldbook@naver.com
홈페이지　www.g-world.co.kr

ISBN　979-11-388-5607-2 (03810)

- 가격은 뒤표지에 있습니다.
- 이 책은 저작권법에 의하여 보호를 받는 저작물이므로 무단 전재와 복제를 금합니다.
- 파본은 구입하신 서점에서 교환해 드립니다.